폐교생활백서

아주 많이

부족한

희망찬 하루

프로개

더 빠르지 않고

더 굳은 표정이 아니고

더 몸을 던지지 않으면

뒤처지기라도 하는 것 같았습니다.

헐떡이는 나를 발견했어요.

가만히 멈춰섰습니다.

쉼, 이었습니다.

프로개입니다

어쩌다 이 이야기를 우연히 손에 들게 되었을 불특정의 당신에게 나를 소개하는 페이지입니다.

나는 블로그 『우리 강산 프로개 프로개』를 운영하고 있습니다. 취미로 식물을 키우는 사람이죠.

'프로개'의 어원은 연애할 때로 거슬러 올라갑니다. 전 여자친구가 검은색 개를 데리고 있었는데요. 모든 걸 다 보여줄 수 있는 개가 세상에서 가장 좋다는 말에 질투를 느꼈습니다. 그래서 나도 그런 개가 되겠다며 '전문 개'라는 뜻의 '프로개'로 활동하게 됩니다. 전 여자친구는 현 아내가 되었습니다.

현재는 '드루이드(식물속성 마법사)'라는 별명이 있고, 가끔은 '능숙견'이나 '수장' 혹은 '두목'으로 불리기도 합니다.

이 에세이는 블로그에 연재했던 『폐교생활백서』를 바탕으로 합니다. 파란만장했던 폐교에서의 고생기를 보며 많은 분이 즐거워해 주셨어요. 재미있고, 힐링 된다는 말들이 에너지가 되어 이렇게 책으로 만들어졌습니다.

특별했던 5년을 기억하며

그 많은 식물을,

아파트에서 키울 수는 없었습니다.

→ 폐교로 떠났습니다

나는 느림보입니다. 심지어 순서를 지켜서 일을 진행해야 하는 강박마저 있습니다. 융통성조차 없으니 사람들이 말하는 평균을 맞추기 위해서는 더 부지런히 움직여야만 했습니다.

무리가 뒤따랐는지도 모릅니다. 결혼 9년 차에 번아웃(Burnout)이 왔으니까요.

그즈음 아내가 권했습니다.

"1년만 하고 싶은 걸 해봐."

우리에게는 책임져야 할 아이가 없었고, 아내는 프리랜서 작가로 어느 정도 수익을 내고 있었습니다.

쉬어도 괜찮을까? 막연한 불안과 기대를 안고 안식년을 가지게 되었어요. 온라인 게임을 하고, 그림을 그렸습니다.

취미로 키우던 화분의 수는 믿을 수 없을 만큼 늘어났죠. 취미/원예 블로그를 운영하면서 '드루이드'라는 별명을 얻게 되었고, 가드닝 책을 써보면 어떻겠느냐는 제안을 받았습니다.

어쩌면 우쭐했는지도 모릅니다. 가볍게 '가드닝 책이나 써볼까'라고 생각했으니까요.

나는 농부의 아들입니다. 20대에는 학비를 벌기 위해 밭을 빌려 농사를 짓기도 했어요. 한때는 유기농법 강사로 일하기도 했으니 가드닝 책을 쓰는 일이 어렵지 않을 줄 알았습니다.

그런데 시작하자마자 막혔습니다. '잘못된 정보'들이 만들어낸 '오류'가 발목을 잡더라고요. 다른 가드닝 도서에서 다루지 않아서 이상하다고 생각했던 부분이 있었어요. 가드닝 식물의 '생육 pH'에 관한 것입니다.

그저 개인적인 취미로 식물을 키울 때는 해외 사이트 등에서 자료 몇 개를 찾아 비교 검토하면 됐습니다. 그런데 책에 싣고자 근거 있는 정보를 찾아보니 관련된 연구나 논문 자료가 없더라고요. 실내 가드닝은 취미의 영역이었던 터라 전문적인 정보가 부족했습니다. 그나마 있는 자료조차 전부 다른 말을 하는 겁니다.

아내에게 말했더니 응원이 돌아왔습니다. 아내는 안식년 용돈으로 1,000만 원을 지원해 주었습니다. 방을 내어줄 테니 식물을 더 키워 실험해 보라고 했습니다. 하지만 그것으로는 부족할 것 같아서 크라우드펀딩 사이트에 프로젝트 계획을 올렸습니다.

4,900여 개의 식물을 다양한 환경에서 키워보고 기록하는 프로젝트는 그렇게 시작되었습니다.

하지만 그 많은 식물을 아파트에서 키울 수는 없었습니다. 부랴부랴 장소를 찾은 다음 짐을 쌌습니다.

어느 날 우리는 그렇게 폐교로 떠났습니다.

폐교 가는 길에서 만난 풍경

→ 도착했습니다

때는 아직 봄이 되기 전이었어요. 구불구불한 도로를 달려 폐교에 도착했습니다. 우리가 임대한 폐교는 2층짜리 건물이었습니다. 1972년에 만들어졌으며, 열여덟 개의 교실로 되어있었죠.

건물의 문을 열고 들어섰을 때의 첫인상은 '아수라장' 그 자체였습니다.

흙먼지, 벌레 사체, 거미줄, 구멍 뚫린 천장, 엉망인 바닥, 망가진 세면대, 누군가의 흔적이 남은 변기, 깨진 창문, 엉망인 전기 배선, 녹슨 배전함, 고장 난 천장 선풍기, 오래된 형광등, 나오지 않는 물.

사람의 손길을 기다리는 곳이 한두 군데가 아니었습니다.

그나마 다행인 건 택배가 오는 지역이라는 겁니다. 추가 배송비를 물지 않아도 되는 것만으로도 감사한 기분이었습니다.

필요한 자재를 스마트폰으로 주문했습니다.

끝나지 않을 것만 같은 폐교 수리가 시작되었습니다. 모든 걸 끙끙거리며 셀프로 진행해야만 했습니다. 이 모험은 예산이 많지 않았으니까요.

→ 물이 필요합니다

폐교의 화장실은 층마다 두 개씩 총 네 곳이 있습니다. 2층의 남자 화장실과 여자 화장실은 오랫동안 사용하지 않아서 부식이 심했습니다. 필요하면 나중에 업체를 부르기로 하고 1층의 남자 화장실과 여자 화장실만 고쳤습니다. 낡은 배관을 교체하는 일이 대부분이었죠.

문제는 물이 나오지 않는다는 것이었어요. 폐교되기 전에는 마을의 공동 상수도를 이용했다고 해요. 폐교하면서 배관을 끊었는데, 다시 연결하기에는 걸리는 문제가 있었습니다.

많은 식물을 키우기 위해 임대했기에 물 사용량이 많다는 점이었죠. 마을 공동 상수도는 가구 수를 나눠 사용료를 내기 때문에, 이렇게 한쪽에서 일방적으로 물을 많이 쓰면 민폐입니다.

고민 끝에 지하수 설비를 고쳤습니다. 이 학교에는 아주 오래전에 가동이 중지된 지하수 설비가 있었어요. 물이 나오도록 하는데 꽤 큰 돈이 들어가고 말았습니다.

식물을 키우거나 생활용수로 사용하는 데는 무리가 없었어요. 그러나 식수로 사용할 수는 없었어요. 그래서 계속 생수를 사다 날라야 했습니다.

⟶ 탐방했습니다

처음 폐교에 왔을 때 이세계에 떨어진 기분이었어요. 아무런 연고가 없는 지역이었으니까요. 아는 사람이 없을 뿐만 아니라 장소 자체도 낯설었습니다.

처음이니까 오히려 용기를 냈습니다. 무턱대고 이곳에 오게 되었지만, 시작점에 서 있을 때의 기분은 썩 나쁘지 않습니다. 어떤 일이 벌어질지 모를 때 느껴지는 두려움과 기대감은 약간의 설렘을 주기도 하거든요.

멀지 않은 곳부터 탐험에 나섰습니다. 막 게임을 시작한 유저가 초보존의 약한 몬스터를 만나러 갈 때처럼요.

복숭아, 앵두, 살구, 자두, 매실, 모과, 배…. 학교 부지에서 많은 종류의 과일나무를 만났습니다. 잣나무, 호두나무 같은 견과류 파밍 장소도 찾았고요. 복분자 같은 베리류 식물도 있었습니다. 새순을 잘라 뜨거운 물에 데쳐 먹으면 맛있는 엄나무(두릅)는 물론, 향신료로 쓸 수 있는 산초나무도 발견했습니다.

그리고 폐교의 뒤쪽에 붙어 있는 산에서 자작나무 숲을 만났습니다.

뒷산에서 만난 자작나무 숲

—→ 사무실을 만들었습니다

교육청과 임대 계약을 체결한 후 가장 먼저 한 일은 폐교 주소지로 사업자등록을 내는 일이었습니다. 지출과 수입을 장부에 착실히 기록해야만 했죠.

그래서 우선으로 한 일 역시 사무실을 만드는 것이었습니다. 마음에 드는 교실을 선택해 사무실 환경으로 꾸몄죠. 나무 판재를 자르고 뚝딱뚝딱.

며칠 만에 제법 근사한 사무실이 만들어졌습니다.

하지만 교실 하나가 너무 넓었습니다. 냉난방비를 절감하려면 이용 교실 수를 줄이는 게 좋을 것 같았어요. 결국 사무실은 침실 겸용으로 디자인이 변경되었습니다.

Q 폐교는 어떻게 구했나요?

교육청을 통해 임대(대부)했습니다. 임대 조건은 각 시/도 교육청마다 조금씩 차이가 있어요. 먼저 사업계획서를 승인받는 과정이 필요합니다. 사업계획서가 통과되면 공매사이트(온비드)의 입찰에 참여할 수 있는 자격이 주어집니다. 우리가 선택한 폐교는 3팀이 입찰에 참여했는데, 그중 가장 큰 금액을 써냈기에 폐교를 임대할 수 있었습니다.

부　　지 : 42,055㎡ (약 12,721평)
건　　물 : 1,556㎡ (약 470평)
대 부 료 : 1년 약 800만 원 (공시지가에 비례하여 매년 금액 변동)
기　　간 : 5년

Q 폐교를 리모델링할 수 있나요?

임대(대부)한 것인지, 매매한 것인지에 따라 다릅니다. 매매의 경우는 일정 기간이 지나면 사유 시설이 되므로 제한이 적은 편이에요.

임대는 교육청마다 조금씩 다릅니다. 일반적으로 벽을 허무는 것처럼 구조를 변경하는 것이 아니라면 큰 제한이 없습니다. 다만 재산의 가치가 떨어지는 형태의 리모델링은 불가능해요. 이때는 계약상 원상복구의 의무가 있습니다.

또한, 제출한 사업계획서 용도 외의 다른 목적으로 수선하는 것 역시 불가능합니다.

처음 임대 입찰에 참여할 때 폐교의 상태를 정확하게 알 수 없습니다. 부동산 중개소를 통할 때처럼 내부를 둘러보고 나서 정할 수 없어요. 문서에 표시된 주소, 부지 및 건물 크기, 시설 정보만으로 판단해야 하죠.

계약 후 물이 안 나온다거나, 변기가 고장났다거나, 전기 시설이 엉망이더라도 교육청에서는 고쳐 줄 의무가 없습니다. 이런 문제들은 모두 임차인이 해결해야만 합니다.

→ 주방을 만들었습니다

가장 작은 교실은 주방이 되었습니다. 목재로 만든 싱크대와 식탁으로 채워졌죠.

동남향의 건물이라서 오전에 드는 햇살이 강합니다. 만들어 놓은 식기 건조대는 어쩐지 태양광 살균이 되는 것만 같아요.

가스는 사용하지 않습니다. 조리기기와 세탁기, 건조기 등 모든 게 전기로 작동됩니다. 온수기는 물론이고 냉난방까지도요. 식물을 키우기 위해 교실에 설치한 '식물 성장 LED'도 무시할 수 없는 개수입니다.

전기요금고지서가 무서워지기 시작했습니다. 이곳이 학교 건물이다 보니 처음에는 저렴한 '교육용 전기'를 쓸 수 있지 않을까? 라는 기대를 하기도 했어요. 하지만 그렇게는 되지 않더군요. 사업자등록증을 기반으로 한 '일반용 전기'를 썼습니다.

우리는 머지않아 백만 원에 가까운 전기요금고지서를 받게 됩니다. 계약된 전력이 5kW이었는데, 그보다 훨씬 많은 전기를 사용하여 '초과사용부가금'이 발생한 것이었어요. 우리는 뒤늦게 계약 전력을 10kW로 변경했습니다.

→ 이사했습니다

폐교 수선이 어느 정도 마무리된 듯해서 이사를 단행했습니다. 우리 부부는 이삿짐이 많지 않았어요. 이사 트럭에 실린 건 대부분 키우던 식물들이었죠.

이삿짐을 정리하고 폐교에서 차로 10분 거리에 있는 행정복지센터를 찾아가 전입신고를 했습니다. 전입 주소지가 폐교인 것을 보고 담당 자분께서 당황하셨던 것 같아요.

그래도 2년 만의 전입자라면서 상품권도 주셨습니다.

이곳은 전입자가 있으면 소문이 날 정도로 인구 이동이 적다고 해요. 아이가 태어나면 온 동네 사람이 함께 모여 축하할 정도죠.

신분증을 새로 발급받았습니다. 행정구역상 '도'와 '시'가 바뀌고 주소의 끝에는 '면'과 '리'가 붙었습니다.

→ 고양이도 왔습니다

폐교에 오기 전부터 함께하던 반려 고양이가 있습니다. 이름은 '백호'입니다. 수컷이죠.

백호는 새 공간과 금방 친해졌습니다. 교실의 넓은 창문이 마음에 들었나 봐요.

아내를 졸졸 따라다니면서 작업을 방해하던 개냥이였는데, 폐교에 온 뒤로는 창문에 바짝 붙여둔 캣타워 꼭대기에 걸린 채 내려오지 않는 액자가 되었습니다.

⟶ 사람을 만났습니다

떡을 맞췄습니다. 이사 떡을 들고 면장님, 이장님, 반장님부터 시작해서 마을 사람들을 찾아다니며 인사드렸습니다. 이런 시골은 골짜기마다 집이 있습니다. 모두 합치면 100가구가 조금 넘습니다.

시골로 간다고 했을 때 텃세를 걱정하는 분이 많았어요. 그런 게 없지는 않을 거예요.

하지만 낯선 마을의 사람들과 잘 지내는 방법은 의외로 간단한 건지도 모릅니다. 내가 먼저 다가가 손을 내밀면 되는 것 아닐까요?

내가 먼저 경계를 풀고 녹아들면 마을 사람들은 더 많은 것으로 돌려줍니다. 트랙터나 굴착기 같은 장비가 필요하다는 말에 소개해 주시고, 장마가 오면 어디서 물이 터지는지와 어떤 부분을 대비해야 하는지도 알려주셨어요. 고라니나 멧돼지 출몰에 관한 정보도 얻을 수 있었습니다.

보답으로, 학교에 태양광 가로등을 설치하면서 필요한 이웃집에도 추가로 설치해 드렸습니다. 이웃집에서는 또 고맙다며 고기를 사 주셨죠.

호의는 그렇게 호의로 돌아왔습니다.

얼마 전에는 파출소에서 경찰분들이 오셨어요.

폐교인데 밤에 불이 켜져 있어서 신고가 들어왔다고 해요.

덕분에 경찰분들과 인사를 나눌 수 있었습니다.

앞으로는 순찰 코스에 폐교도 넣어 주신대요.

며칠 뒤에는 느닷없는 사인 요청을 받았습니다.

경찰관 중 한 분의 아내분이 블로그 구독자인데

사인을 받아 오라고 했다지 뭐예요.

부끄러웠지만, 조금은 즐거운 기분이 되었습니다.

⟶ 수레를 만들었습니다

폐교의 운동장에서 학교 건물로 가려면 42개의 계단을 올라야 합니다. 창고에 있는 물건을 운동장으로 나르려면 빙 돌아 자동차가 다니는 길로 내려가야 하고요.

처음에는 시골에서 흔하게 사용하는 화물 수레를 알아보았습니다. 그런데 가격이 만만치가 않더라고요. 게다가 폐교까지는 배송해 주지 않는 거예요.

수레값에 트럭 배송비를 더하자 제법 큰 금액이 나왔습니다. 조금 더 보태면 전기로 움직이는 카트도 살 수 있을 것 같았습니다.

그렇게 '조금 더 보태면, 조금 더 보태면'으로 나아가다가 '차라리 트럭을 살까?'에서 정신을 차렸어요.

결국 그냥 만들기로 했습니다. 주재료는 비닐하우스용 파이프, 우레탄 바퀴, 이사용 박스입니다. 대부분 가지고 있던 재료이고, 바퀴만 시내의 철물점에서 사 왔습니다.

이왕 만드는 것이니 일반적인 화물 수레보다 더 많은 짐을 실을 수 있게 디자인했습니다. 손잡이 높이도 신경 썼어요. 키 큰 사람이 끌거나 밀 때도 허리가 굽혀지지 않는 인체공학적 설계입니다.

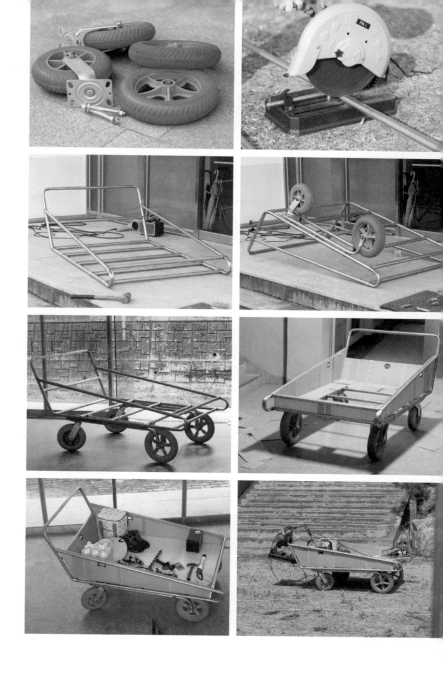

수레에 엠블럼 감성을 덧대보았어요.

벤츠 D클래스 시고르 에디션!

→ 도구실을 만들었습니다

이곳저곳 뜯어고치고 이것저것 만들다 보니 많은 도구가 모였습니다.

전동공구, 사다리, 삽, 곡괭이, 톱, 낫, 배관, 전기선, 실리콘, 페인트, 장판, 목재 등 도구 부자가 된 기분입니다. 이 정도면 없는 게 없다고 부심을 부려도 될 것 같습니다.

폐교를 유지하고 관리해야 하니 도구는 계속 필요할 겁니다. 그래서 교실 하나를 온전히 도구실로 만들었습니다. 아이러니하게도 가장 큰 교실이 활용되었죠.

→ 택배함을 만들었습니다

뚝딱뚝딱, 무인택배함을 만들었습니다. 택배 상자가 비를 맞지 않게 하는 게 중요했어요.

폐교에 온 이후로 택배 기사님을 더욱 반기게 되었습니다. 가까운 곳에서 필요한 물건을 구할 수 없으니 택배 없이는 살 수 없어요.

그런데 물품이 많다 보니 택배 아저씨가 힘드실 것 같았어요. 생수나 비료처럼 무거운 건 시내에서 사다 날랐지만, 인터넷으로 사야만 하는 물건들도 많았거든요.

배달 온 택배 기사님에게 음료 캔을 건네며 물량이 많아서 죄송하다고 말씀드렸더니, 오히려 택배 기사님은 좋다고 말씀해 주셨어요.

이런 시골은 한집 택배 때문에 골짜기까지 들어갈 때가 많다고 해요. 그래서 택배 물량을 모아서 며칠에 한 번 올 때도 있고, 타 회사의 택배기사에게 물량을 몰아 줄 때도 있다고 합니다. 하지만 이제는 폐교 하나만 보고와도 될 정도로 물량이 충분해서 괜찮다고 하십니다.

폐를 끼친 건 아니라 다행입니다.

택배함은 잘 작동했어요.

→ CCTV를 설치했습니다

폐교를 수리하는 단계에서는 혼자 지냈습니다. 캠핑용 버너와 냄비, 컵라면, 생수 정도만 있으면 끼니는 어떻게든 해결할 수 있었죠.

밤은 조금 무섭습니다. 큰 건물에 혼자 있는 건 용기가 필요한 일이었습니다.

인간은 적응의 동물이라고 했던가요. 이사를 온 지금은 전혀 무섭지 않습니다. 공간이 익숙해진 탓도 있을 거예요.

밤이 되어도 운동장을 걸어 다니는 동상은 없습니다. 화장실에서 휴지 색상 선택을 강요받지도 않아요. 미술실에서 석고상이나 거울은 발견되지 않았습니다. 음악실에서 피아노 소리가 들리는 일도 없어요.

만약 귀신이 나온다면 '너는 어떻게 그렇게 떠 있니?'라며 물어볼 정도는 된 것 같아요.

하지만 나 몰래 유령이 돌아다니며 말썽을 피울지도 모르는 일이라 CCTV 4대를 설치했습니다. 실내와 실외를 24시간 촬영하고, 긴급출동 서비스도 있습니다.

→ 바이러스가 찾아왔습니다

이 불청객의 방문은 예상하지 못한 것이었어요. 해외에서 시작된 몹쓸 바이러스는 국경을 넘어 우리의 일상까지 파고들었습니다.

식물을 키우는 일이라고 해서 다르진 않았습니다. 가장 먼저 물류가 발목을 잡았습니다. 배와 항공기가 멈추면서 물건을 실어 나를 공여 공간이 사라졌습니다. 식물이 수입되지 않아서 가격이 올랐고, 원료를 수급받지 못해 흙 공장이 멈췄습니다.

원예용 흙값이 뛰기 시작했습니다. 불안한 나머지 두 배 가격을 주고 전국의 소매상을 털었습니다. 필요한 품목의 흙은 구매하자마자 바로 전량 품절되더군요.

사회적 거리 두기가 시작되고 모임과 만남이 눈총을 받는 분위기가 만들어졌습니다.

마중 나갈 겨를이 없었는데, 그래도 봄은 찾아왔습니다. 허둥대던 우리의 일상에 훅 들어오는 월급처럼 폐교에도 완연한 봄이 펼쳐졌습니다.

그제야 깨달았어요. 가만히 생각해 보니 폐교는 세상과 단절된 안전지대나 마찬가지더라고요.

우리는 이렇게 폐교에 격리되었습니다.

마스크를 보내주시는 분이 많았어요.

→ 비닐하우스를 만들었습니다

모든 건 '가드닝 식물들은 어떤 pH의 흙에서 잘 자랄까?'라는 호기심에서 시작되었어요. 그걸 알아보려면 비를 맞지 않는 장소에서 다양한 흙으로 식물을 키워보는 수밖에 없었죠.

비닐하우스를 임대하려던 애초의 계획은 원하는 사이즈의 매물이 없어서 포기해야 했습니다. 화훼단지도 문을 두드려 봤지만 1년 임대료가 새로 짓는 것보다 비쌌습니다.

비닐하우스를 짓는 방향으로 계획을 수정했고, 농지은행을 통해 노는 밭을 알아보러 다녔습니다. 하지만 이 역시 순탄치 않더군요. 대부분 밭 주인은 시설하우스 설치를 원하지 않았습니다. 사용 후 철거 또는 증여한다고 해도요.

그래서 밭이 딸린 농가주택이나 폐교를 알아보기 시작했습니다. 후보 군은 '전국 어디든'이었습니다. 이런저런 곳을 둘러보다가 최종 결정된 곳이 여기, 이곳입니다.

그러니 폐교 생활은 계획에 없던 일입니다. 어찌어찌 장소가 구해졌으니 '모든 건 미래의 내가 어떻게든 해줄 거야'라며 책임을 떠넘겼죠.

"과거의 나 나쁜 놈."

비닐하우스를 짓는 건 돈이 제법 들어가는 일입니다. 비닐하우스는 보통 이른 봄에 짓습니다. 지자체와 농협에서 보조금을 받으면 절반 가격으로 지을 수 있기 때문이죠.

면사무소 등에 신청하여 선정되면 업체를 통해 비닐하우스를 짓게 됩니다. 농업인이 절반의 비용을 부담하면, 농협이나 지자체에서 나머지 절반을 지급해 줍니다. 그래서 대부분 비닐하우스 업체도 이때만 영업합니다.

하지만 나는 농업인에 해당하지 않기에 자부담을 통해서만 지을 수 있었습니다.

비닐하우스 업체에 전화를 돌리기 시작했습니다. 대부분 3~5명이 하루나 이틀 만에 끝낼 수 있는 소형 비닐하우스만 짓는다고 했습니다. 거리가 너무 멀다는 것도 문제였죠. 간혹 와주겠다는 업체가 있었으나 비상식적인 비용을 부르더군요.

이럴 거면 직접 지어보자는 결론에 도달했습니다. 납품 업체에 견적을 내보니 자재비가 비닐하우스 설치비의 3분의 1 정도더라고요.

그렇게 '업체가 없으면 내가 하지 뭐'라는 단순한 발상으로 비닐하우스 짓기가 시작되었습니다.

☑ 무작정 도전해 본 비닐하우스 짓기

크   기 : 폭 9m, 높이 4m, 길이 97m
골조규격 : 32mm 1.7T 아연강 파이프 내재해형
비   닐 : 0.15T 삼층장수비닐
작업인원 : 2명
작 업 일 : 21일
자 재 비 : 약 1,000만 원

⟶ 식물을 키웁니다

비닐하우스 안을 여덟 개의 구간으로 나누어 식물을 키웠습니다. 한 구간에 식물이 600개씩 있기에 모두 4,800여 개입니다.

전국에서 필요한 식물을 공수해 왔어요. 각각 pH를 맞춘 흙으로 분갈이하기도 쉽지는 않았죠. 그렇게 채워진 비닐하우스는 식물 내음으로 가득합니다.

특히 새벽에 바깥 기온이 내려가면 비닐하우스 안에는 짙은 안개가 발생합니다. 그럴 때면 허브 냄새가 더욱 짙어집니다.

나는 잔잔한 마음이 짙은 안개처럼 피어나는 새벽을 좋아합니다.

오늘도 이른 아침부터

허브 안개가 자욱한 비닐하우스 내부를 거닐었습니다.

이곳의 얇은 비닐 창에 머무는 아침 햇살은

결코 어제의 햇살이 아닙니다.

당신의 창가에 머무는 햇살도 마찬가지이겠죠.

햇빛은 날마다 다른 각도로 지구를 비추니까요.

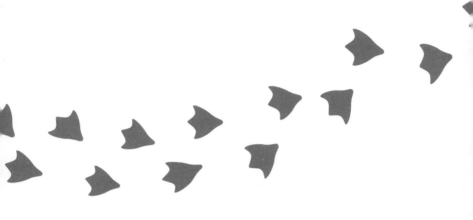

Q 식물 테스트는 어떻게 진행했나요?

비닐하우스의 내부 온도를 모니터링하면서 필요한 테스트를 진행했습니다. 어떤 흙에서 식물이 더 빨리 자라는지를 알아보는 건 아니었습니다. 그보다는 특이 사항 없이 자라는 영역을 찾는 여정에 가까웠습니다. 그게 테스트 목표이기도 했으니까요.

처음에는 생장 과정만 지켜보려고 했습니다. 그런데 한 가지 테스트를 추가로 병행할 수 있겠더라고요. 겨울이 다가올 때 어떤 식물이 어느 정도의 온도까지 버티는지 알아보는 것 말이죠. 중부지역의 영하 20℃를 견디고 무사히 겨울을 나는 식물도 있을 겁니다. 그 부분을 확인하기 위해 최종적으로는 비닐하우스 난방을 중단해야 했습니다.

Q 운동장을 다른 용도로 형질 변경해도 되나요?

몇 가지 고려 사항이 있습니다. 우선 서류(토지대장)상 땅의 지목이 '체육 용지 (운동장)' 또는 '학교 용지'로 되어있다면 다른 용도로 사용하는 건 어렵습니다. 이때는 용도 변경이 우선시되어야 하는데요. 그러려면 교육청의 허가가 필요합니다.

다만 시골의 오래된 학교는 산이나 밭, 과수원 등을 매입해서 짓는 경우가 많았습니다. 그래서 학교 운동장의 지목이 임야(산), 전(밭), 과수원인 경우도 흔합니다. 이때는 용도 변경 절차 없이 밭 등으로 활용할 수 있죠.

하지만 이때도 사업계획서를 통해 교육청의 동의를 받아야 합니다. 현황상 운동장인 부분을 다른 형태로 바꾸는 것이니까요. 예를 들어 제출된 사업계획서를 수행하기 위한 목적으로 활용하는 것이라면 임대가 끝날 때 원상복구 하는 조건으로 승인해 줍니다. 다만 임대자가 원상복구를 하지 않을 위험성이 있으므로 보증보험 가입을 요구하는 경우도 있습니다.

추가로 교육청의 승인과는 별개로 마을 사람들이나 학교의 동문이 반대할 수 있습니다. 사전 승인을 받은 경우라면 법적인 부분은 문제가 되지 않겠지만, 마을 사람들과 좋은 관계를 형성하는 건 힘들 수 있습니다.

—→ 텃밭을 만들었습니다

넓은 운동장 중 한쪽을 밭으로 만들기로 했어요.

폐교되었다고는 하지만 학교 운동장 전체를 밭으로 이용할 수는 없습니다. 자연 재난 시 마을 사람들의 임시 대피장소로 지정되어 있어서예요. 응급헬기가 착륙할 때도 있습니다.

텃밭으로 만들 구역을 정해서 열심히 정리했습니다. 풀도 뽑고 죽은 나무도 잘라냅니다.

너무 부산스럽게 움직였나 봐요. 마을 어르신이 오셔서 한심스럽게 보시더니 윗마을에 사는 아저씨를 불러주셨어요. 아저씨는 트랙터를 끌고 오셨습니다. 기계로 땅을 갈아엎기 시작하자 순식간에 농지가 만들어졌습니다.

시골의 학교 운동장은 소금을 뿌려 관리하다 보니 식물이 자라기에 적합하지 않습니다. 그래서 유기질 퇴비를 많이 뿌려야 했어요.

토양을 개량한 다음에는 비닐 씌우기를 했습니다. 밭에 검은색 비닐을 씌우는 목적은 잡초 방지, 흙의 수분 유지, 흙 온도 상승으로 인한 작물의 뿌리 발달 촉진입니다.

옥수수를 심었습니다

밭에 무얼 심을까 고민했어요. 결국 우리 부부가 좋아하는 여름 간식인 찰옥수수를 심었습니다. 그리고 한쪽에는 감자, 아스파라거스, 파를 심었어요.

우리의 농작물은 햇빛과 비를 머금고 무럭무럭 자랐습니다.

옥수수는 정말로 잘 자랐어요.

⟶ 나무를 잘랐습니다

폐교로는 새벽 배송이 오지 않습니다. 택배로 신선 식품을 받아야 하는데 날씨가 더워지면 이조차 곤란합니다. 대형 마트는 차로 40분 정도를 가야 나오는데, 채소가 필요할 때마다 매번 나갈 수는 없습니다.

그래서 새로운 텃밭을 구상하게 됩니다. 주방으로 쓰는 교실에서 운동장의 텃밭까지는 꽤 거리가 있습니다. 주방과 가까운 건물 앞 화단에 각종 채소를 심기로 했어요.

장터에 가서 채소의 모종을 구매했습니다. 샐러리, 곤드레, 깻잎, 곰취, 양상추, 청상추, 케일, 부추, 대파, 가지, 토마토, 애호박, 고추, 딸기, 오이, 수박, 참외….

그런데 바로 심을 수가 없었습니다. 화단의 흙이 잡초와 온갖 나무뿌리로 뒤엉켜 있었어요.

열심히 곡괭이질을 했습니다. 싱글침대 크기의 텃밭을 만드는 데 세 시간이 걸리더군요. 화전민이 된 기분이었습니다.

그렇게 화단 중 일부를 정리하고 보니 나머지가 눈에 들어옵니다. 새와 다람쥐가 심은 나무에 점령되어 있었죠. 바람이 옮겼을 씨앗들은 풀숲을 이뤘습니다.

또 어떤 곳은 나무뿌리가 화단을 무너트리려 하고 있었습니다.

엉망으로 자라난 나무의 가지를 잘랐습니다. 화단에 침입해서 마구잡

이로 자란 묘목들도 하나하나 제거했습니다.

작은 텃밭을 만들려고 했을 뿐인데, 어느 순간 나무꾼이 된 나를 발견하고 말았습니다.

나무 자르기는 일주일간 지속되었습니다.

누구야… 누가 '동물의 숲 (힐링 게임)' 같다고 그랬어?!

⟶ 강아지를 데려왔습니다

이 녀석은 마늘로 유명한 의성의 시골 마을에 태어났습니다. 견사에서 엄마와 함께 살고 있는 골든리트리버를 가정 분양받았습니다.

함께 태어난 형제 사이에서 몸집이 가장 컸어요. 욕심이 많아서 젖을 혼자 다 먹었다더라고요.

이름은 '현무'입니다. 수컷이죠. 코를 골면서 자고, 먹성이 좋으며, 사람과 고양이를 좋아합니다.

오늘도 내일도 행복한 현무는 폐교에 활기를 더해주었습니다.

주사 맞으러 병원에도 갔어요.

빨래 널기 좋은 날씨, 무르익어 가는 매실, 평화로운 백호, 하루가 다르게 크는 현무 그리고 끝나지 않는 일.

운동장 텃밭을 둘러보다가 비닐에 구멍이 숭숭 뚫린 걸 발견했어요. CCTV를 돌려보니 고라니와 멧돼지가 다녀갔더라고요. 어떤 곳은 파헤쳐지기도 했죠. 화가 났습니다.

"싸우자!"

하지만 싸우면 내가 질 것 같으니까, 망치질했습니다. 땅에 기둥을 박고 철망 울타리를 둘러 폐교를 지켜냈습니다.

"내가 고라니랑 멧돼지를 울타리 밖에 가뒀어!"

근육통이 찾아왔습니다.

→ 폐교가 가장 밝습니다

울타리 설치를 마무리한 다음에도 망치질은 계속되었습니다.

폐교 곳곳에 기둥을 박고 그곳에 태양광 패널이 부착된 정원등을 설치했습니다. 정원등은 폐교에서 길을 따라 자동차 도로가 있는 곳까지 이어졌습니다.

이제 밤이 되면 이 시골 마을에서 폐교가 가장 밝습니다.

→ 산삼을 심었습니다

임대한 부지는 폐교를 감싼 뒷산까지 포함됩니다. 산을 쓸 일은 없습니다. 그저 임대할 영역을 선택할 수 없었을 뿐이죠.

그대로 두는 것보다는 공간을 활용하면 좋겠다는 생각이 들었습니다. 장뇌산삼을 심어 임대가 끝나는 5년 차에 수확하겠다는 계획서를 써냈습니다. 그 계획서는 교육청에서 무사히 통과되었죠.

장뇌산삼 씨앗을 2만 립 정도 구매해서 산에 뿌렸습니다.

→ 고대 과수원을 발견했습니다

장뇌산삼 씨앗을 뿌리는 과정에서 모과나무 군락지를 발견했습니다. 수를 세어보니 대략 40여 그루였습니다.

이후 마을에 오래 사신 어르신께 들어서 알게 되었는데요. 이 학교에서 관리하던 모과원이 있었다고 합니다. 그게 80년대쯤이었다고 하네요.

> 시스템 : 고대 과수원을 발견했습니다.

낮은 산이 아니었습니다. 과수원이 수십 년간 방치되어 산처럼 변한 것이었어요. 순간, 동공 지진이 일었습니다. 격렬하게 방치하고 싶었습니다. 이곳까지 관리하려면 큰 일거리가 됩니다.

하지만 모과를 수확하면 친구들에게 선물로 보내줄 수 있겠다는 생각이 들었습니다. 그러기 위해서는 산이 되어버린 주변 나무를 정리해야만 했습니다. 빛이 들어야 모과나무들이 건강하게 자랄 수 있으니까요.

전기톱을 구매하고 말았습니다. 또… 나무 자르기가 시작되었습니다.

→ 고대 딸기밭을 발견했습니다

역시 캐시템이 최고인 것 같아요. 그동안 나는 왜 톱으로 나무를 잘랐을까요. 전기톱을 너무 늦게 샀다고 생각하며 산에서 내려올 때였습니다.

이번에는 딸기밭을 발견했습니다. 이미 딸기가 무르익어 있었어요. 수확해서 맛있게 먹기만 하면 됩니다.

야생의 딸기는 다년생입니다. 겨울에는 잎이 시들겠지만, 봄이 되면 다시 싹이 나와 자랍니다. 그렇게 옆으로 퍼지듯 번지며 군락지를 이루죠.

폐교 몫이라면서 이장님께서 가져다주신 퇴비가 남아 있었습니다. 딸기밭에 왕창 뿌렸습니다.

──→ 밥을 먹습니다

치맥이 배달되지 않는 지역이지만, 냉동실에 냉동식품이 꽉 차 있어서 든든합니다.

의외로 이 폐교의 주방에서 만들어지는 학교 급식은 꽤 만족스럽습니다.

그런데 이 품질이 언제까지 유지될지 모르겠어요.

음, 그것은 의문입니다.

→ 연금술을 보았습니다

마트 텃밭에서 케일을 갉아 먹는 애벌레를 발견했습니다. 흰나비 애벌레로 추정되었죠.

벌레가 붙은 잎을 잘라냈습니다. 멀쩡한 나머지 잎을 보호하기 위해서입니다.

일곱 마리의 애벌레를 구속했습니다. 케일잎과 함께 플라스틱 용기에 가두었어요. 차마 죽일 수가 없었어요. 녀석들은 나비가 되길 꿈꾸고 있을 테니까요.

그렇게 플라스틱 용기 속의 케일은 똥으로 연금되고 말았습니다.

'등가교환'
가치가 서로 같은 물체로 교환되는 일.

일곱 마리의 똥 연금술사는 번데기가 되었고, 흰나비로 변태해 훨훨 날아갔습니다.

또 내 케일에 알 낳으면 혼날 줄 알아!

→ 배트맨을 만났습니다

어느 날 밤, 화장실에 가기 위해 복도를 걸었습니다.

그리고 만나고 말았습니다. 처음에는 참새가 들어온 줄 알았어요. 하지만 까만 날갯짓을 보고 곧 알게 됩니다.

"박쥐????????"

어딘가에서 겨울잠을 자던 녀석들이 따뜻해지면서 나온 것 같았습니다. 창문을 활짝 열었지만, 녀석은 나가지 않았습니다. 그래서 유튜브의 '동물이 싫어하는 초음파' 영상을 틀어주었습니다. 하지만 아무리 틀어도 효과가 없습니다.

어쩔 수 없이 종량제 봉투로 잠자리채를 만들었습니다. 그렇게 일주일에 걸쳐 여덟 마리나 잡았습니다. 밤마다 녀석들을 잡느라고 복도를 뛰어다녀야만 했습니다.

모두 잡아서 밖으로 내보내고 녀석들이 드나들던 곳으로 추정되는 갈라진 벽 틈을 우레탄폼으로 막았습니다.

과하다 싶을 정도로 막고 나니 안심이 됩니다.

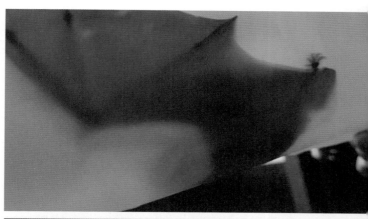

우리, 다시는 보지 말자.

→ 여왕님을 뵙습니다

어느 날은 웅웅~ 소리가 들렸습니다.

소리의 근원지를 찾아가 보니 2층 복도에 꿀벌들이 들어와 있었습니다. 창밖에는 더 많은 꿀벌이 보였습니다.

아무래도 집 나온 꿀벌이 이곳에 터를 잡으려는 모양입니다.

'분봉'
원래의 집에 꿀이 가득 차거나 벌 숫자가 늘어나면 새로운 여왕벌을 만들어 가출하는 현상.

띠링! 눈앞에 퀘스트 창이 떠오른 느낌이 들었습니다.

여왕벌은 수많은 일벌을 거느리고 있습니다. 여왕벌을 사역마로 삼으면 달콤한 꿀을 얻을 수 있을지도 모릅니다.

목재에 꿀을 발라 벌들이 많은 곳에 가져다 놓았습니다. 여왕벌을 유도했죠. 그런 다음 벌집 통을 만들었습니다.

어라? 벌이 정말로 벌집 통에 들어가고 말았습니다.

이게 되네?

→ 백호는 풀을 먹습니다

현무가 산책을 나오면 백호도 따라 나오고 싶어 합니다.

운동장으로 나오면 천둥벌거숭이처럼 뛰어다니는 현무와 달리 백호는 사람 곁에서 멀어지지 않습니다. 가고 싶은 곳이 있어도 "냥냥"거리며 사람을 불러 일정 거리를 유지합니다.

사람을 끌고 간 곳에는 어김없이 풀이 있습니다. 백호는 풀을 먹습니다. 계속 지켜보는데, 독성이 있는 풀은 먹지 않더라고요. 본능적으로 아나 봅니다.

백호는 산책을 하고, 풀을 먹고, 야자잎을 먹고, 벼도 먹습니다.

그런데 언젠가부터 현무도 풀을 먹더라고요. 백호를 따라 하는 것 같습니다.

⟶ 집이 생겼습니다

현무에게 집이 생겼습니다.

개집은 아닙니다. 유아용 장난감 집의 크기가 현무에게 딱 맞더라고요.

현무도 마음에 들어 하는 것 같습니다. 물어뜯지 않거든요.

→ 현무는 말썽꾸러기입니다

현무는 날마다 행복합니다. 날마다 말썽을 피워서일지도 모르겠어요. 랜선을 물어뜯어서 인터넷을 먹통으로 만들어 버리고, 휴지를 뜯어 놓는가 하면, 의자를 갉아 먹습니다. 아끼던 지갑도 해 드셨습니다.

가장 큰 문제는 소설가인 아내의 아이디어 노트를 찢어놓는다는 겁니다. 하소연하던 아내의 목소리가 떠오릅니다.

"현무가 한 달 치 메모를 찢어버렸어."

비가 와서 밖에 나가지 못하는 날에는 더욱 규모 있는 말썽을 부립니다. 시위하는 걸까요?

혼내면 '내가 안 그랬습니다'라고 눈빛으로 말합니다. 주둥이에 증거를 가득 묻히고서 말이죠.

이러다 보니 내가 입버릇처럼 달고 사는 말이 있습니다.

"야, 너도 리트리버가 될 수 있어."

후. 어쩔 수 없습니다. 오늘도 감옥행입니다.

⟶ 유치가 빠졌습니다

현무는 유치가 빠지는 개춘기가 되었습니다. 물어뜯을 수 있는 장난감 더미(dummy)를 만들어 줬어요. 좋아하는 슬리퍼도 주렁주렁 매달았습니다.

이제 혼자서 터그 놀이를 할 수 있습니다. 결국 잘 빠지지 않던 현무의 유치가 후드득 떨어졌습니다.

성공이에요.

→ 청룡이가 왔습니다

블로그 구독자분이 파란색 가재 새끼를 보내주셨어요. 암수 한 마리가 스펀지를 꼭 붙잡은 채 택배로 도착했죠. 이름은 '청'이와 '용'이 입니다. 합쳐서 '청룡'이죠.

물 생활은 아무것도 모르고 시작했어요.

무턱대고 수족관 하나와 필요해 보이는 것들을 인터넷으로 샀습니다. 생각 없이 구매한 수족관은 너무 컸습니다. 물이 100L나 들어가요. 물까지 넣자 너무 무거워져서 받침대를 만들었습니다.

결론은 또 목공입니다.

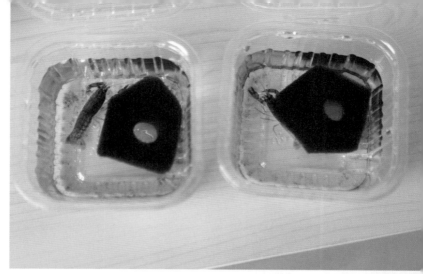

→ 주작이 알을 입수했습니다

백호, 현무, 청룡은 귀엽지만⋯ 방범 기능이 없습니다.

폐교에 침입한 도둑은 백호의 존재를 눈치채지 못할 거예요. 낯선 사람이 오면 침대 밑으로 들어가거든요.

아무 사람이나 다 좋아하는 현무는 꼬리치며 도둑의 퀘스트를 도와주는 NPC가 될 게 분명합니다.

그래서 방범 기능이 내장된 주작이 알을 입수했습니다. 주작이 알은 달걀보다 훨씬 큽니다. 무정란 비율이 높고 부화율이 낮다고 해요.

그래도 부화를 시도해 봅니다.

ⓥ **주작 : 엠덴 거위**(Emden Goose)

수　　명 : 40~50년
특 징 1 : 마동석 기본 내장
특 징 2 : 낯선 사람이 오면 꽥꽥거림
특 징 3 : 낯선 사람이 가까이 오면 공격함
특 징 4 : 무리로 인식된 사람은 잘 따름
특 징 5 : 매우 잘 먹음

─⟶ 부화기를 만들었습니다

열네 개의 주작이 알이 있습니다.

부화기를 만들기 시작했죠. 종이 상자, 청테이프, 케이블타이 등이 재료가 되었습니다. 부화기 내부에 소형 라디에이터를 넣어 온도가 37~39℃로 유지되도록 해주었습니다.

부화기에 들어간 알을 매일매일 뒤집어 주는 것도 잊지 않았어요.

7일 차쯤 되었을 때였어요. 어두운 곳에서 손전등을 이용해 알 내부를 비춰보니 무정란과 유정란을 구분할 수 있었습니다. 유정란은 흡사 심장이 만들어진 것처럼 보이거든요. 무정란은 부화하지 않는 알입니다. 열네 개 중 네 개가 부화하지 않는 알이었습니다.

그렇게 약 한 달이 지나자 주작이들이 알을 깨고 나왔습니다.

모두 10마리였죠.

"누가 부화율이 낮다고 그랬어?!"

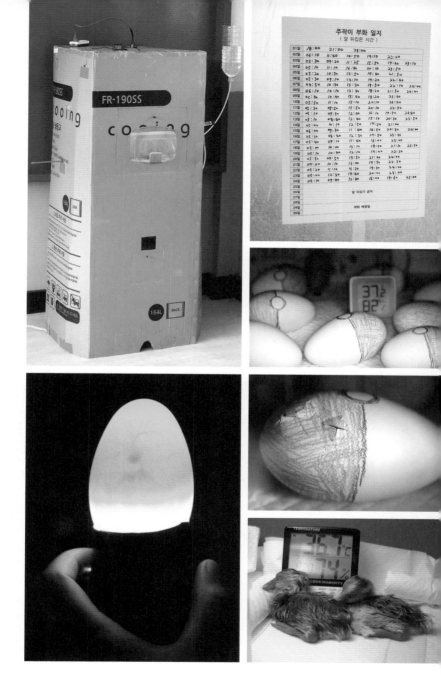

→ 동물병원장이 되었습니다

주작이는 두세 마리 정도만 있으면 좋겠다고 생각했습니다. 그런데 열 마리가 태어나고 말았습니다.

우리는 알을 깨고 나온 순서로 이름을 붙였습니다. 일작이, 이작이, 삼작이, 사작이, 오작이, 육작이, 칠작이, 팔작이, 구작이, 십작이.

다만 한 마리는 발이 펴지지 않는 선천성 장애를 가지고 있어서 걷지를 못했습니다. 병아리의 선천성 장애를 치료해 주는 동물 병원은 없었습니다.

발이 펴지도록 신발을 만들어줘야겠다고 생각했어요. 두꺼운 종이를 발바닥 모양대로 자르고 오려서 붙이는 단순한 작업이었죠. 우리는 신발 이름을 '거위다스'로 명명했습니다.

녀석은 다리도 'O'자로 뒤틀려 있었습니다. 격리하여 한동안 움직이지 못하도록 하고 부목을 덧대어 뼈 교정을 해주었습니다.

다행히 녀석은 걸을 수 있게 되었습니다.

⟶ 주작이들은 풀을 먹습니다

주작이들은 초식성입니다. 날개 달린 동물인데 풀을 먹습니다. 배추 한 포기를 던져주면 순식간에 먹어 치우는 녀석들입니다.

처음에는 새싹보리를 키워서 밥으로 제공했어요. 하지만 먹성이 너무 좋아서 감당되지 않더라고요.

주작이들을 채용한 목적을 수정하기로 합니다.

"이제부터 너희들은 운동장 제초기다!"

일작

일작이가 태어날 때까지만 해도 박스 부화기에 대한 확신이 없어서 조마조마하게 지켜봤습니다. 그렇게 가장 먼저 태어난 일작이는 리더가 될 거라는 내 예상과 달리 태평한 성격이었습니다. 방관자랄까요. 몸집이 크니 권력은 있는데 나서고 싶어 하지 않는…. 음, 그래요. 말년 병장 같은 느낌입니다.

이작(왕작)

왕작이는 알부터 컸습니다. 부화 징후를 보이고 불과 몇 분 만에 알을 깨고 나왔고, 몇 시간 만에 제대로 걸어서 우리를 놀라게 했죠. 몸집은 쑥쑥 커지고 제일 먼저 가슴털도 났습니다. 신기한 건 너무나도 자연스럽게 리더의 자리를 차지했다는 겁니다. 낯선 사람이 오면 다른 주작이들을 지키겠다는 듯이 앞으로 나서서 날갯짓하고, 낯선 먹이도 제일 먼저 먹어보고요. 빽빽거리는 주작이를 단속하는 것도 왕작이의 몫입니다. 왕작이는 훌륭한 리더입니다.

삼작

가장 노란색 병아리였어요. 우리가 알고 있는 병아리와 가장 흡사했습니다. 색이 진해서 멀리서도 눈에 확 띄었는데 자라면서 다른 주작이들과 비슷해졌습니다.

사작

병아리 계의 차은우. 얼굴이 가장 예쁘게 생겼어요. 모태 미모를 가지고 있었으나 시간이 지나면서 역시 비슷해져 삼작이와 구별할 수 없게 되었습니다. 대신 성격으로 구분할 수 있어요. 사작이가 더 얌전합니다.

오작(백작)

하얗습니다. 털뿐만 아니라 다리도 하얗고 길쭉한 몸집을 가지고 있어요. 다른 아이들과는 확연히 다른 모습이라서 '백조 아니야?'라고 의문을 품었습니다. 성격도 특이합니다. 다른 아이들은 함께 자고 같이 움직이지만, 백작은 남달랐습니다. 다른 아이들이 먹을 때 자고 다른 아이들이 잘 때 혼자 먹는, 나는 '나만의 길을 간다' 스타일입니다. 다른 아이들이 계속 먹는 것과 달리 먹고 싶을 때만 먹어요. 그런데도 키는 제일 큽니다. 약간 한량 같아요. 어느 순간 왕작이를 추월해 몸집도 가장 커졌습니다.

육작

태어나자마자 요단강을 건너 저승사자와 하이파이브하고 돌아온 육작이입니다. 털 관리는 고사하고 목도 가누지 못해서 걱정이 많았어요. 친구들에게 쪼일 것이 걱정되어 별도의 공간에서 며칠을 보냈죠.

사료와 물도 먹지 못해서 주사기로 먹여줘야 했습니다. 다행히 사흘 차에 정신을 차리더니 조금씩 나아져서 어느 순간 멀쩡해졌어요.

칠작

등에 단풍 무늬가 있어서 구분이 쉬웠는데, 어느 순간 무늬가 사라졌 습니다. 칠작이부터는 윗작이들과 분리된 합숙소에서 키웠습니다. 며 칠 빨리 태어난 윗작이들과 몸집 차이가 컸거든요. 뒤늦게 태어난 주 작이들이 머무는 별도의 공간에서는 칠작이가 왕이었어요. 사실 왕이 라기보다는 깡패였어요. 듬직한 리더인 왕작이와 달리 칠작이는 애들 을 쪼고 괴롭히는 편이었죠. 그러다 전체가 합사하는 날이 되었습니 다. 하던 대로 윗작이들을 쪼고 다니던 칠작이는 왕작이에게 두들겨 맞고 구석에 찌그러졌습니다. 풀이 죽은 줄 알았는데 다음날부터는 왕작이 옆에 딱 붙어 다니더라고요. 권력 지향형 주작입니다.

팔작(회작)

팔작이는 가장 많이 빽빽거리고 울었습니다. 그래서 윗작이들에게 자 주 두들겨 맞았습니다. 크게 우는 주작이는 윗작이들의 단속 대상입 니다. '천적으로부터 자신들이 들키지 않기 위해서인가?'하고 추측할 뿐입니다. 그런데… 회색 털이 나기 시작했습니다. 무엇 때문인가?

구작

발이 접힌 채 태어났습니다. 육작이 때 어쩔 줄 몰라 했던 것과 달리

이미 체계가 잡힌 의료시스템(?)이 있어서 바로 교정에 들어갔습니다. 다행히 걸을 수 있게 되어서 무리에 잘 섞였습니다.

십작(막작)

막작이는 알부터 작았습니다. 거위알보다는 달걀에 가까운 크기였어요. 가장 작은 알에서 가장 작은 막내, 막작이가 태어났습니다. 작을 뿐 건강해요. 다리가 짧아서 왕작이가 한 걸음 걸을 때 세 걸음을 걸어야 하지만요. 성격은 가장 스윗합니다. 격리되어 자라서 잘 어울리지 못하던 육작이를 챙겨주고, 혼자 떨어져 있는 구작이의 곁에 있어 준 것도 막작이입니다. 귀여움에 스윗함까지. 막작이 하고 싶은 거 다 해.

⟶ 이별은 빨리 찾아왔습니다.

사실 나는 육작이 때문에 마음의 준비를 하고 있었어요. 목도 가누지 못하고 며칠을 보낸 데다가 먹이도 잘 먹지 못했으니까요. 어린 거위 는 서로의 체온을 공유하며 한데 모여서 자는데 육작이는 무리에 끼 지 못했죠. 혼자 떨어져 있었고, 막작이를 제외하고는 아무도 곁에 가 서 누워주지 않았습니다. 그러다가 조금씩 건강을 회복하고 무리에 껴서 안심했을 때쯤이었습니다.

갑자기 왕작이가 죽었습니다.

자고 일어나 보니 차갑게 식어 있었어요. 우리는 믿을 수 없는 현실에 당황했죠. 각오했던 육작이도 아니고, 왕작이라니. 저녁 점호 때까지 만 해도 뽕뽕하게 차오른 가슴 털을 자랑하고 있었는데요.

우리가 밥을 주고, 청소해 주기는 했지만 주작이들을 이끌었던 건 왕 작이였습니다. 초보 사육사라 어쩔 줄 몰라 했던 우리와 달리 왕작이 는 처음부터 주작이들을 잘 이끌고 단속했죠. 그래서 의지했던 부분 이 있었습니다. 육아를 나눠서 한 느낌이랄까요.

리더를 잃어버린 주작이들이 어떻게 반응할지 걱정했는데, 녀석들은 자연스럽게 일작이 곁으로 모여들었습니다. 아이들은 마치 왕작이를 잊은 것처럼 잘 지냅니다.

오히려 상실감을 느낀 건 사람이었어요. 짧은 시간이었지만 왕작이는 훌륭한 리더였거든요.

잘 가. 왕작아.

무지개 다리를 건너면

네가 좋아하는 상추와 새싹보리가 가득 있을 거야.

거기서 기다려.

⟶ 장미가 자랍니다

아내는 장미를 좋아합니다. 전원생활의 로망이었다고 합니다.

영국 장미 묘목 몇 그루가 택배로 도착하고 말았죠.

다만 장미는 예쁘게 키우기 어려운 식물입니다. 아끼는 식물이 죽으면 꽤 오랫동안 좌절할 것이 분명하기에 걱정입니다.

어쩔 수 없네요. 몰래 약을 치고, 비료를 주며 폐교의 평화를 지켜야 겠습니다.

→ 현무는 달렸습니다

야생동물이 넘어오지 못하도록 학교 부지에 철망 울타리를 둘렀잖아요. 덕분에 현무는 목줄을 하지 않고도 운동장에서 신나게 뛰어놀 수 있게 되었습니다.

녀석은 운동장을 뛰어다니면서 쑥쑥 자랐습니다. 몇 개월 만에 25kg이 되었죠.

나는 이때 현무가 다 큰 줄 알았어요.

하지만 그건 크나큰 착각이었습니다.

⟶ 받아들여졌습니다

처음 이곳에 와서 떡을 돌릴 때 마을 사람들은 우리의 이주를 환영해 주었어요. 이사 온 지 일주일 사이에 면장님이 다녀가시고, 시의원님도 다녀가셨죠. 마을운영위원회에 초대받아 맛있게 육회비빔밥도 얻어먹었습니다.

시골 마을에 젊은 외지인 온다면 대부분 환영할 거라고 생각해요. '노동력'이니까요.

시골에서 40대면 젊은 축에 속합니다. 우리는 그냥 '글 쓰는 작가'라고만 소개했어요. 친해진 분께는 블로그에 글을 쓴다고 말했으나 일기 정도로 생각하시는 것 같아요.

'폐교 사람들'이라고 불리는 우리는 이웃집 과수원에 일손이 부족하면 가서 도와드리곤 했습니다. 그럼 일당을 챙겨주셨죠.

어느 날은 태풍이 지나갔어요. 주변 과수원의 피해가 컸습니다. 농작물 풍수해 피해 보험 이야기를 해드렸어요. 어르신은 그런 게 있는지 몰랐다면서 이듬해에 가입하고 고맙다는 인사를 전해오셨습니다.

인터넷 주문이 어려운 분도 있습니다. 필요한 게 있으면 대신 주문을 해드리고는 했어요.

텔레비전이 고장났을 때도 연락이 옵니다. 방문하여 상태를 확인하고 서비스센터에 A/S를 신청해 드렸죠.

어쩌면 이 모든 일이 귀찮을 수 있어요. 내 시간을 담보로 하는 일들이니까요. 하지만 손해라고 생각하지는 않아요.

구성원으로 받아들여지면 많은 것들이 달라집니다.

김치를 담그시면 우리 것도 한 통 빼 주시고, 주작이의 먹이도 가져다 주셨죠. 폐교를 며칠 비울 때면 순찰도 해주고요. 마을 앞으로 퇴비나 영농지원금이 나올 때도 꼭 우리를 명단에 끼워서 분배해 주세요.

약간의 노력을 기울인 것으로도 우리는 마을에 잘 녹아들 수 있었습니다.

──→ 비가 왔습니다

폐교에도 어김없이 장마가 찾아왔어요. 비는 몇 주간 계속되었습니다. 다행인 건 폐교가 댐 상류보다 높은 곳에 있다는 겁니다. 그래서 심각한 물 피해는 없었어요.

비가 그치면 항상 폐교를 돌아봅니다. 흙이 무너지거나, 나무가 넘어간 곳이 있으면 손봐야 합니다. 비를 실컷 맞은 식물 잎에 곰팡이성 질병이 찾아왔을 수도 있어요. 그렇다면 살균제를 뿌려야 합니다.

왜 일은 해도 해도 끝나지 않는 걸까요?

아주 많이 부족한 희망찬 하루 ———

→ 워터파크를 개장했습니다

운동장에 빗물이 자주 고이던 장소가 있어요. 그곳에서 주작이들이 첨 벙거리는 걸 보고 수영장을 만들어 주어야겠다고 생각했죠.

처음에는 분갈이할 때 흙 받침대로 사용하던 김장 매트에 물을 채워 주었습니다. 녀석들은 호기심을 보이더니 바로 신나게 물놀이합니다.

물이 더러워져서 새 물로 갈아 줄 때면 주작이들은 옆에 와서 가만히 기다립니다. 그러다 물이 다 차면 안으로 들어가서 수영을 즐겨요. 생각보다 똑똑한 아이들입니다.

하지만 일작이가 김장 매트 가장자리를 물어뜯은 탓에 한동안 수영을 즐길 수 없었어요.

결국 택배 찬스를 이용해서 조금 더 큰 간이 수영장이 생겼습니다.

→ 무더위가 찾아왔습니다

땅이 마릅니다. 햇볕에 내놓은 밀짚모자가 마르고, 신발도 마릅니다.

장마가 끝나고 무더위가 찾아왔습니다. 습한 공기는 밤잠을 설치게 했죠. 도시에서 살 때처럼 불쾌하지는 않았습니다. 도시의 아스팔트가 뿜어내는 열기에 비하면 참을만한 정도니까요.

하지만 기초 체온이 44℃이고 구스다운을 입은 주작이들은 더위를 싫어해요. 호스를 가져와 물을 뿌려주면 샤워하겠다며 몰려듭니다.

백호는 에어컨 아래에서 움직이지 않습니다.

현무는 산책하러 나갔다가도 다시 들어가자며 현관문 앞으로 사람을 끌고 갑니다. 너무 더워하는 것 같아서 털을 바짝 밀었더니 보기 흉해졌습니다.

"초보 미용사라 미안해."

→ 청룡이가 탈피했습니다

백호, 현무, 주작, 청룡.

사방신 중 청룡이의 밥값이 가장 적게 듭니다. 조금만 먹는데도 불구하고 청룡이는 쑥쑥 자랐습니다. 몇 번의 탈피 과정을 거치면서 처음 왔을 때보다 열 배 정도는 몸집이 커졌어요.

한 번은 탈피 과정에서 껍질을 완전히 벗지 못한 청이가 한쪽 집게를 잃기도 했습니다. 걱정과는 달리, 다음 탈피 때 새 집게가 돋아났습니다. 그리고 탈피할 때마다 색이 조금씩 진해지더니, 어느 순간부터는 검은색에 가까워졌습니다.

반면 용이는 선명한 파란색에 가깝습니다. 같은 환경에서 함께 자라는데도 색이 다르게 변하는 게 의문이에요.

두 녀석 다 날렵하게 움직이고 건강하긴 하지만요.

먹이도 크게 가리지 않습니다. 상추도 먹고, 미역도 먹어요. 뽕잎이나 사과도 잘 먹습니다. 어쩐지 수조의 여과 스펀지도 조금씩 먹는 것 같아요.

그런데도 다른 물고기들은 공격하지 않는 평화주의 가재들입니다.

→ 주작이는 파견을 갔습니다

폐교의 주작이들이 풀을 잘 뜯어 먹는다는 소문이 마을 곳곳에 났어요. 동네 어른들이 구경을 와서는 신기해하십니다.

결국 몇 마리가 이웃집 과수원으로 파견을 갔습니다. 학교 운동장보다는 먹을 풀이 많아서 행복할 거예요. 바람에 떨어진 사과도 주워 먹을 수 있고요.

주작이들이 예상보다 많이 태어났으니 인연이 닿는 곳이 있다면 조금씩 입양을 보내려고 합니다. 거위농장 같은 곳에는 보내고 싶지 않아요. 반려동물로 키워줄 수 있는 가족을 만났으면 좋겠다는 바람이 있습니다.

우리 앞에서 쫑알거리던 너희를 기억할게. 잘 지내.

→ 채소가 사라졌습니다

시골 마을은 소문이 금방 납니다. 이웃집에 가면 동네 어르신들의 근황을 모두 들을 수 있습니다. 오늘 어느 집에서 고추를 심었다거나, 어느 집이 땅을 얼마에 팔았다거나 하는 정보가 쌓입니다.

누군가가 텃밭의 채소를 따갔다는 하소연을 듣기도 합니다. 시골이라 모두 대문을 열고 삽니다. 대문이 없는 집이 더 많은 것 같기도 해요. 그렇다고 해서 시골에 도둑이 없는 건 아닙니다.

과수원에 쓰려고 닦아놓은 물탱크가 사라져서 속상했는데, 똑같은 것을 윗동네 누군가 들고 가더라며 툴툴거리시던 이웃 어른께 물은 적이 있습니다.

"신고 안 하셨어요?"

"신고는 무슨. 저 모자란 사람이 가져갔는데. 지난번에는 삽자루도 가져갔고. 요 앞 최 씨네 리어카도 가져갔어."

어르신은 허허허 웃고는 마시더군요.

이곳에도 물건을 훔치는 사람은 있습니다. 아무렇지도 않게 다른 사람의 집에 들어가 물건을 가져간다거나 밭에서 작물을 마음대로 서리해 가는 사람 말이죠.

다만 이곳에 도둑이 없는 이유는 그런 사람을 도둑이라고 몰아세우지 않기 때문입니다. 적정선을 넘지 않는다면 품어주는 인심이 있습니다.

산과 나무, 하늘에 둘러싸인 곳에 있다 보니 내게도 그런 인심이 생긴 건지도 모르겠습니다. '그분이 우리 채소도 가져가셨어요' 같은 짧은 하소연을 하고, 함께 허허허 웃을 수 있게 되었으니까요. 작물은 다시 자랍니다. 시간은 비워진 텃밭을 금방 메워줍니다.

가져가는 사람이 있으면 채워주는 사람도 있습니다. 마을의 이모님들께서 가끔 학교 구경을 오시는데, 그럴 때마다 무언가를 들고 오세요. 손수 담근 된장과 김치, 부침개, 말린 나물, 옥수수, 대파까지. 어마어마한 양이죠.

'이곳에선 굶어 죽지는 않겠구나'하는 생각이 들 정도입니다.

학교 한편에 만든 작은 텃밭은 내가 생각한 것보다 더 많은 걸 일구고 있었나 봅니다.

많이 수확했으니 나누는 것이 당연하다는 듯한 넉넉한 마음속에서 우리 부부는 보랏빛 노을처럼 이곳에 잘 녹아들고 있습니다.

찰옥수수를 수확했습니다. 찰옥수수는 수확시기를 놓치면 삶아도 찰지지 않고, 딱딱하기만 합니다. 그래서 알맞은 시기에 수확하는 게 중요하죠.

옥수수를 수확하면 껍질을 벗기고 수염을 떼어냅니다. 옥수수는 수확하자마자 삶는 것이 좋습니다. 단맛을 내는 옥수수 알맹이 속 당질이 시간이 지날수록 전분으로 변하기 때문입니다.

전분화되면 단맛이 줄고 식감이 딱딱해집니다. 그렇기에 수확일로부터 5일 이내에 삶아서 냉동 보관하는 것이 좋아요.

그 밖에도 깻잎, 청양고추, 참외, 가지, 토마토, 상추, 케일을 수확했습니다.

음, 너무 많은가?

내년에는 심는 품목을 조금 줄여봐야겠습니다.

→ 별장이 생겼습니다 (1)

수확을 마친 옥수수나무는 수명을 다해 말라갔어요. 이듬해에도 텃밭을 이용하려면 잘라내야 합니다. 고작 200그루를 베어내는 것인데도 쉽지 않더군요.

자른 옥수수나무를 한쪽에 정리했습니다. '어디에 써먹을 데가 없을까?'를 고민하다가 아이디어가 떠올랐습니다. 옥수수나무를 얼기설기 세워서 움막을 만드는 겁니다.

그렇게 지어진 움막은 주작이들의 별장이 되었습니다.

"좋겠다. 너희는 별장도 있고, 수영장도 있어서."

우리 부부는 캠핑을 좋아합니다. 그런데 폐교에서는 날마다 캠핑 같은 생활이 이어지고 있어요.

더는 캠핑 갈 일이 없을 것 같아서 장비들을 꺼냈습니다. 그런 다음 하늘이 예쁘게 보이는 교실에 텐트를 치고 조명을 달았습니다.

숯불을 피워서 고기를 구워 먹어 볼까요? 아! 모기향도 피우는 게 좋겠어요.

⟶ 태풍이 왔습니다

제9호 태풍 마이삭, 제10호 태풍 하이선. 두 번의 태풍이 폐교 위로 지나간다는 예보가 있어요. 철저히 대비했습니다.

비닐하우스의 모든 개폐 비닐과 문을 닫고 단단히 고정합니다. 밧줄을 이용해서 바람에 비닐이 들뜨지 않게도 해줍니다.

밖에 나와 있던 식물들은 건물 안으로 들여놔야 해요. 운동장을 돌아다니는 주작이들도 건물 안으로 대피시켰습니다. 혹시 몰라서 장도 잔뜩 봤어요. 길이 끊기거나, 전기가 끊기고, 물이 끊길 수도 있으니까요.

밤사이 거센 폭풍우가 몰아쳤습니다. 창문이 흔들거리는 소리를 현무는 몹시 무서워했습니다.

다행히 큰 피해는 없었습니다.

두 번의 태풍은 빠르게 폐교를 스쳐 지나갔습니다.

—→ 대민 지원을 나갔습니다

폐교와 달리 마을의 과수원은 태풍 피해가 컸습니다.

폭풍우가 할퀴고 지나간 자리에는 수확하지 못한 과일이 잔뜩 떨어졌어요. 떨어진 과일은 상품성이 없습니다. 이럴 때 일손을 거들면 도움이 될 거예요. 폐교에서도 지원을 나갔습니다.

어쩌면 주변과 보폭을 맞추며 함께 살아가는 방법을 깨우치게 된 건지도 모릅니다.

사과를 줍다가 파견 간 주작이들을 만났습니다. 처음엔 경계하는 것 같더니 목소리를 듣고 다가옵니다.

"잘 지냈니?"

⟶ 양봉은 어렵습니다

두꺼운 장갑, 촘촘한 방충망이 덧씌워져 얼굴을 가릴 수 있는 모자, 우주복 같은 옷.

벌꿀을 채집하기 위해 완전무장을 했습니다. 마른 쑥 연기를 피워서 벌을 진정시키며 벌통 뚜껑을 열었죠.

처음에는 계획처럼 되는 것 같았습니다.

밀랍을 한층 들어낼 때였습니다. 갑자기 수많은 꿀벌이 나와 비행을 시작했습니다. 녀석들은 합심해서 우리를 공격했죠. 보호 장비 덕분에 쏘이지는 않았지만, 분위기는 공포 그 자체였습니다.

몇 분간 실랑이를 이어가다가 결국 뚜껑을 다시 닫았습니다. 사람은 보호복을 입어서 괜찮지만, 꿀벌들이 다칠까 봐 염려되었어요.

초보 양봉사의 벌꿀 채집은 그렇게 실패로 돌아갔고, 보호 장비만 덩그러니 남았습니다.

"흥! 꿀 따위 너희가 다 먹어라!"

폐교에는 꿀을 수확할 수 없는 벌통이 있습니다.

──→ 배추 테크에 실패했습니다

겨울이 오면 주작이들을 먹일 풀이 없어집니다. 그래서 주작이들의 겨울 간식으로 사용할 목적으로 텃밭의 빈 곳에 배추를 심었습니다.

땅에서 자라는 배추는 눈에 덮여도 완전히 얼지 않습니다. 그렇게 겨울을 견뎌낸 배추를 '봄동'이라고 불러요.

배추는 쑥쑥 자랐습니다. 작은 텃밭에 촘촘하게 심은 탓에 비좁게 자라는 듯 보였지만, 어차피 팔 게 아닙니다. 적어도 추석 전까지는 그랬습니다.

어느 날 마트를 방문했을 때였습니다. 배추가 금값이었습니다. 급히 계산기를 두드려 보았죠.

심은 배추는 2천 포기 × 오늘 자 한 포기 도매가격 만 원 = 2천만 원!

우리는 배추가 심긴 텃밭에 '천만 원'이라는 이름을 붙였습니다. 천만 원은 무럭무럭 자랐습니다.

하지만 부푼 꿈은 그리 오래 가지 않았습니다. 전국에서 가을배추가 본격적으로 출하되면서 가격이 안정세로 접어들었죠.

그렇게 배추 테크는 일단락되었습니다.

아니야. 원래 너희들 먹이려던 거였어. 난 슬프지 않아.

→ 겨울을 준비합니다

폐교는 가을부터 월동 준비를 시작했습니다. 시스템 에어컨이 있어서 전기 난방이 가능하지만, 전기요금고지서가 두려워 화목 난로를 설치했습니다. 장작은 트럭 두 대만큼 준비했습니다.

난로가 있으면 쫀드기나 고구마를 구워 먹을 수 있어요. 주전자를 올려놓고 물을 끓이기도 좋습니다. 쌀쌀한 아침에는 쌍화차가 제격입니다. 캠핑 기분도 나고 좋습니다.

오래된 학교의 유리창은 얇습니다. 이중 유리가 아니죠. 찬바람이 들어오지 못하도록 비닐을 덧대어 내부를 밀폐된 공간으로 만들었습니다. 물론 일산화탄소를 내보낼 수 있는 환기구 정도는 있어야 합니다.

옥상의 물탱크도 보온해야 합니다. 물탱크의 물이 얼면 화장실을 사용할 수 없으니까요. 물을 올리는 파이프가 얼어 버릴 수도 있습니다. 곳곳에 열선을 감아서 어는 것을 방지해야 합니다.

음, 이쯤 되니 내가 폐교를 구한 건지, 폐교가 관리인을 구한 건지 헷갈리기 시작합니다.

⟶ 실내 온실을 만들었습니다

폐교에는 실험 중인 식물 외에 개인적인 취향으로 키우는 식물도 많습니다. 바나나, 파파야, 용과, 망고스틴, 페페론치노 등 말이죠. 대부분 열대성 기후에서 자라는 식물입니다. 그렇기에 겨울에도 따뜻하게 관리해 주어야 합니다.

빈 교실 하나를 선택합니다. 창고에서 목재들을 가져왔죠.

온실을 만들려고 해요. 길이 5m × 너비 4m × 높이 2.5m가 좋아 보입니다.

높은 습도로 인해 교실 바닥이 상하면 안 되니까 장판을 한 겹 깔고 그 위에 온실을 세웁니다. 목재를 잘라 기본 뼈대를 만들고 비닐을 씌웁니다. 큰 화분을 들일 수 있을 만큼 문도 크게 만듭니다.

내부에는 식물성장 LED를 설치하고 공기를 데워줄 라디에이터를 넣습니다. 라디에이터는 누전/과부하 차단기에 연결되어야 하죠. 소화기 역시 비치해야 합니다. 공기를 순환시킬 실링 팬도 달아줍니다. 마지막으로 온도계를 설치합니다.

꽤 그럴싸한 실내 온실이 만들어졌습니다.

⟶ 감옥을 만들었습니다

주작이들은 옥수수나무로 만든 별장을 뜯어 먹었습니다. 구멍이 숭숭 뚫려 비가 들이치는 움막이 되고 말았어요. 조망권을 중시하는 녀석들입니다.

어느덧 다 자란 주작이들은 계단 오르기를 터득하더니 운동장을 벗어나는 일이 잦아졌습니다. 밤에는 건물의 현관 앞에서 잘 때가 많아요. 건물에 사람이 있다는 걸 아는 것 같습니다.

그것으로 끝나면 다행인데 문을 열라며 노크까지 합니다. 주차된 차를 쪼기도 하죠. 애정을 주고 키우던 포도나무를 물어뜯어 놓기도 했습니다.

슬기로운 감옥 생활이 권장됩니다.

미루고 미루던 테니스장 정리를 시작했어요. 테니스장의 기존 철망은 녹슬고 낡아서 손을 대기만 해도 바스러졌어요. 걷어내어 폐기물로 처리하고 새로운 망을 설치했습니다.

⟶ 주작이었습니다

높이 1.8m의 망을 두른 테니스장은 어엿한 감옥이 되었습니다. 주작이들을 가둘 일만 남아 있었죠. 주작이들을 불러서 감옥으로 데려갈 때였습니다.

갑자기 주작이들이 날아올랐습니다. 1.8m 이상을 훨훨 날았습니다.

"어어? 거위는 날지 못하는 거 아니었어?"

그런데 날아올랐습니다. 주작처럼.

⟶ 눈이 내렸습니다

제법 많은 눈이 내렸습니다.

세상이 온통 하얗게 변해서 현무는 신이 났죠.

주작이들도 신이 나 보입니다. 발이 시릴 것 같은데 아무렇지도 않게 돌아다니니 신기합니다. 혈액에 부동액과 비슷한 성분이 있어서 영하 25℃정도는 끄떡없다고 합니다.

백호는 따뜻한 교실에서 나가지 않아요.

→ 봄을 마중합니다

눈이 녹았습니다.

전염병이 기승을 부려 폐교에 갇혀 지내는 상황이지만, 사방신과 우리는 모두 건강하게 겨울을 났습니다.

어느 날, 막작이가 특이한 행동을 보였습니다. 주작이 무리에서 떨어져 홀로 솔잎을 끌어모으고 있었죠. 도구를 챙겨 가서 솔잎 모으기를 도와주었습니다.

그리고 현무의 집을 압수했습니다. 현무의 집에 솔잎과 지푸라기를 깔아서 막작이에게 선물했습니다. 불시에 집을 빼앗긴 현무는 당황스러웠겠지만, 막작이는 그 집을 마음에 들어 했어요.

다음 날 아침 우리는 막작이가 낳은 알을 마주하게 됩니다.

어느 날 알들이 우리에게 왔고, 주작이들이 태어났습니다. 가장 늦게 태어난 막작이는 몸집이 가장 작았죠. 가장 느렸고 뒤처지는 일은 다반사였습니다.

그랬던 막작이가 날아올랐고, 가장 먼저 알을 낳았습니다.

막작이가 앞당긴 봄이 폐교에 찾아왔습니다.

막작아, 너와 함께 봄이 왔어.

길고 길었던 당신의 어두운 길에도 빛이 드리워졌으면 좋겠습니다.

모두가 서로를 위로했던 시간이었지만

정작 자신은 위로받지 못하는 그런 상황이 아니었으면 합니다.

긴 터널을 지나오느라 수고했어요.

→ 비닐하우스를 철거했습니다

냉해 실험이 끝나고 초록별로 간 식물들을 정리했습니다. 실험이 끝났으니 비닐하우스도 철거했습니다.

원상 복귀할 것을 약속하고 지은 비닐하우스였어요. 보증보험에 가입했기 때문에 일찍 철거한 만큼의 금액을 돌려받았습니다.

모두 계획에 있던 일인데 텅 빈 운동장을 바라보고 있으니 이상하게도 마음이 허전합니다.

그 자리에 바나나를 심어야겠습니다.

→ 먹을 것을 캤습니다

별꽃, 봄맞이꽃, 무스카리, 민들레….

폐교 운동장 곳곳에 들꽃이 피었습니다.

봄나물도 곳곳에 있습니다.

달래, 냉이, 씀바귀, 고들빼기, 두릅….

먹을 만큼만 수확합니다.

음, 저녁은 달래된장국이 좋겠어요.

→ 양봉은 정말 어렵습니다

날씨가 따뜻해져도 꿀벌의 모습이 보이지 않았습니다.

그제야 우리는 벌통을 열어 보았죠. 벌들이 죽어 있었습니다. 겨울 동안 춥지 말라며 보온재를 감싸 주는 수고까지 했었는데, 마주한 광경에 허탈해졌습니다.

그런데 폐교의 벌통만 그런 것이 아니었습니다. 마을에서 양봉하는 어르신의 벌들도 폐사해 있었죠. 이런 현상은 전국에서 나타났습니다. 뉴스에 나올 정도였으니까요.

농약, 따뜻한 겨울, 벌 기생충(응애) 등 다양한 이유가 원인으로 지목되었습니다. 그러나 명확하게 무엇 때문이라는 결론은 나오지 않았어요.

남아 있는 꿀을 채취했습니다. 결국 보호복은 필요가 없었네요. 야심 찼던 꿀벌 퀘스트는 그렇게 끝이 났습니다.

꿀은 너무 달아서 좋아하지 않아요.

→ 또 만났습니다

작년에 쫓아냈던 박쥐가 돌아왔습니다.

너희는 어디서 겨울을 난 거니?

다른 곳으로 가주면 안 될까?

→ 책을 보냈습니다

첫 번째 책이 나왔습니다.

테스트를 통해 얻은 데이터를 정리하고 편집하는 것까지는 어렵지 않았습니다. 식물 사진을 찍는 것도 늘 하던 일이니 수월한 편이었습니다.

그런데 인쇄는 또 다른 영역이더라고요. 이런저런 우여곡절 끝에 책이 나왔습니다.

감격할 시간은 없었어요. 며칠 동안 밤잠을 줄여가며 택배 상자를 포장했습니다. 5,189명의 후원자에게 책을 보내고 이제는 진짜 쉬어야겠다고 생각한 순간, 이건 '가드닝 실용서'를 쓰기 위한 사전 작업에 불과했다는 걸 깨달았습니다.

이제부터는 원래 쓰려고 했던 책을 써야 합니다.

내일의 나, 화이팅.

──▶ 식량을 받았습니다

첫 번째 책이 들어 있는 택배 상자에는 폐교의 주소가 나와 있습니다. 잘못 인쇄되었거나 파손된 책을 교환해 드리기 위해서였어요. 그런데 파손된 책이 아니라 식량이 도착했습니다.

정성 어린 편지, 손으로 직접 만든 선물도 잘 받았습니다. 보내주신 간식은 모두 맛있었어요. 백호와 현무의 간식이 더 많았던 것 같지만요.

블로그에 자랑하고 싶기도 했는데, 그럼 더 많은 분이 보내실 것 같아서 하지 않았어요. 보내주신 마음 고이 간직하겠습니다.

→ 제비가 집을 지었습니다

환기를 위해 온종일 창문을 열어 두었어요. 현무와 산책하고 돌아오는 길이었죠.

"응? 방금 뭐가 들어갔지?"

우리는 창문으로 무언가가 들어가는 걸 발견했습니다. 그곳은 2학년 1반 교실이었습니다. 들어가서 확인한 우리는 놀라고 말았습니다.

벽 콘센트에 제비가 둥지를 틀어 놓았습니다. 둥지에 알까지 버젓이 있는 상황이라 내쫓을 수도 없었습니다.

제비는 사람을 그다지 무서워하지 않습니다. 우리는 교실의 전기를 죽이고, 현무의 배변 패드를 둥지 아래쪽 바닥에 깔았어요. 새끼 제비가 태어나면 배설물을 떨어트릴 테니까요.

창문은 닫을 수가 없었어요. 어미가 열심히 먹이를 날라야 합니다. 대신 어미가 드나드는 상단 창문 일부를 검은색으로 가려주었어요. 안 그러면 유리에 머리를 부딪힐 거예요.

새끼 제비는 금방 태어났습니다. 부모 제비가 열심히 먹이를 날랐죠. 머지않아 새끼들은 첫 비행을 연습했습니다. 그렇게 모두 떠나갔습니다.

남겨진 건 제비집과 똥뿐입니다.

"박씨 물어다 주는 거 아니었어?"

삼성온돌제비집을 얻었습니다.

⟶ 참새들이 지저귑니다

아침마다 짹짹거리는 참새는 폐교의 백색소음을 담당하고 있습니다. 그런데 그 숫자가 조금… 많아요. 녀석들은 곳곳에 놓인 주작이 밥을 훔쳐먹습니다.

참새는 사람에 대한 의존성이 높습니다. 그래서 농경지에는 참새가 많아요. 사람도 있고, 곡식도 있으니까요.

하지만 농경지보다는 주택가에 약 30배 이상 많은 참새가 살고 있습니다.

참새의 천적들은 사람을 두려워합니다. 그 사실을 아는 참새들은 인간의 곁에 붙어서 천적을 피합니다. 그래서 사람이 살지 않는 깊은 산 속에는 참새도 거의 없어요.

밥값 내라 이것들아!

⟶ 주작이가 늘어났습니다

막작이가 처음 알을 낳고 뒤이어 백작이와 칠작이도 알을 낳았습니다. 모두 한곳에 알을 낳는 것이 신기했습니다. 둥지의 알은 점점 많아졌죠.

결국 둥지가 부족해 보여서 집을 두 개 더 만들어야 했습니다. 알은 세 곳으로 나누어 옮겨 놓았습니다. 똑똑한 주작이들은 세 곳에 균등하게 알을 낳고 따뜻하게 품었습니다.

우리는 주작이 알을 먹지 않았습니다. 주작이들이 낳은 알인데… 어떻게 먹어요. 결국 자연부화 당하고 말았습니다. 2세들이 태어난 것이죠.

그렇게 주작이는 24마리가 되었습니다.

그나마 다행인 건 거위는 봄에만 알을 낳는다는 겁니다. 닭처럼 일 년 내내 낳지 않아요. 의도치 않게 늘어난 주작이들을 보면서 우리는 큰 결심을 했습니다.

다음 해에는 열심히 알을 먹어보기로요.

누구야? 누가 자연 부화율 떨어진댔어?!!

→ 무거워졌습니다

현무는 50kg이 되었습니다. 25kg일 때 다 큰 줄 알았는데 계속 크더라고요.

송아지가 입는 옷을 입혔는데, 딱 맞아서 당황스럽습니다. 살이 찐 건 아니에요. 건강한 체형입니다. 정기 접종을 하러 병원을 찾았는데 수의사 선생님이 굉장히 조심스럽게 말씀하셨습니다.

"머리 골격은 리트리버가 맞는데, 다리 골격이 조금 다릅니다. 아무래도 다른 대형견 품종이 섞인 게 아닌가 싶습니다."

그러자 아내가 깔깔거리며 웃습니다. 안 그래도 의심하고 있었다고요. 그제야 안심한 수의사 선생님은 어떤 부분이, 무엇이 다른지 설명해 주셨습니다.

아, 매우 다르네요.

현무야.

너도 리트리버가 될 수 있다고 해서 미안해.

아무래도 안 될 것 같아.

⟶ 나무가 쓰러졌습니다

밤사이 많은 비가 내렸어요. 분명 일기예보는 2~5㎖ 정도 올 거라고 했거든요? 그런데 150㎖가 내렸습니다. 일기예보는 매번 빗나갑니다.

폐교 앞 강에는 물이 잔뜩 불어나 있었어요. 도로가 깎여 나간 곳도 보였습니다.

폐교는 큰 피해가 없었습니다. 전기가 끊겨서 냉동고의 음식을 버려야 했지만요. 그 외에는 소나무 몇 그루가 부러지고 쓰러진 정도가 다입니다. 이럴 때는 피해 사실을 교육청에 알려야 합니다.

또 폐교 관리인이 활성화됩니다.

전기톱을 이용해 쓰러진 나무들을 토막 냈습니다. 나무들이 길을 막고 있어서 자동차가 나갈 수 없었어요. 식량을 구하러 마트에 가려면 치워야 합니다.

음, 왜 또 벌목 중인 걸까요.

→ 버섯 라면을 끓였습니다

폐교에 온 첫해의 가을, 동네 어르신이 폐교 부지에 딸린 산에 송이버섯이 난다며 채취해 먹으라고 하셨던 적이 있어요. 그때 온 산을 뒤졌지만, 송이버섯은 보이지 않았죠.

그랬는데 두 번째 해에는 현무와 등산하다가 우연히 발견했습니다. 제법 많은 송이가 자라고 있었어요.

몇 개는 구워 먹고, 몇 개는 국물 요리에 쓰였습니다. 또 몇 개는 쌀과 섞어서 밥을 지었습니다. 향긋한 밥이 되었죠.

송이버섯은 다음 해에도 또 이듬해에도 보였습니다. 송이버섯을 많이 채취한 날에는 친구들에게 택배로 보내주기도 했어요.

송이버섯이 있어서 특히 좋았던 건 라면을 끓일 때였습니다.

왜요? 라면에 버섯 넣어 먹는 게 어때서요?

→ 지역 행사에 참석했습니다

팬데믹 상황이 조금씩 해소되면서 멈추었던 지역 행사가 하나둘 열렸습니다.

사회생활 레벨이 낮은 나는 안면이 있는 어르신들을 찾아다니며 인사드리는 정도가 고작이었어요. 그리고 '마돈나' 하면 되죠.

마시고, 돈 내고, 나가라…!

물론 방명록에는 '폐교, 김○○'이라고 이름을 남겨 놓았어요.

이것도

사회생활인 거겠죠?

→ 운동장을 빌려주었습니다 (1)

어떤 날은 마을 앞 도로를 지나는 상수도 배관공사가 있었어요. 이 공사는 두 달간 진행되었죠.

그런데 공사팀이 와서 폐교 운동장 한쪽을 쓸 수 있게 해달라고 했어요. 흙, 공사 자재, 중장비를 둘 곳이 마땅치 않다고 하더군요.

상수도 공사는 마을 전체를 위한 것이니 흔쾌히 허락했습니다. 공사팀에서는 책정된 사용료를 준다고 하더군요. 하지만 폐교는 사유재산이 아닌 데다가 이중 임대를 할 수 없어서 비용은 받지 않았습니다.

그랬더니 공사 팀에서는 폐교로 올라오는 시멘트 도로를 깔끔하게 아스팔트 도로로 포장해 주었어요.

⟶ 운동장을 빌려주었습니다 (2)

지역의 총동문회가 폐교 운동장에서 열렸습니다. 동문에서 사전에 동의를 구하러 왔었어요. 전기와 물이 필요하다고 해서 물 호스와 전기 릴선을 빼놓았습니다.

하나둘씩 사람들이 모이고 운동장에는 천막이 설치되었습니다. 온종일 앰프에서 음악 소리가 울려 퍼졌습니다.

이때도 사용료를 받지 않았어요. 대신 동문회에서는 승용 예초기를 가져와 학교 운동장의 풀이 더 자라지 않게 잘라주었습니다. 커다란 바퀴가 네 개 달려 있고 사람이 올라타서 운전하는 예초기는 20여 분만에 운동장의 풀을 전부 잘랐습니다.

"와, 저 예초기 부럽다."

나는 가격을 검색해 보고 바로 창을 닫았습니다.

—→ 바다에 갔습니다

사회적 거리 두기가 해제되었기에 현무를 데리고 마을을 벗어났습니다. 반려동물 출입이 금지되지 않은 바닷가를 찾아갔죠.

멀기는 하지만 현무는 차 타는 걸 좋아합니다. 스치는 차창 밖 풍경을 보는 걸 좋아해요.

우리는 밤바다를 가만히 바라보았습니다. 수평선과 얼굴을 마주하고 귓가를 스치는 파도 소리를 듣습니다.

새벽녘 어스름한 시간은 특별합니다. 새벽과 아침이 만나는 경계는 때론 지독히 청명한 보라색을 만들어내거든요. 맘에 쏙 드는 색의 하늘을 만날 확률은 그다지 높지 않지만요.

그 순간을 기다리는 내내 마음이 콩닥거렸습니다.

⟶ 대원은 퇴각했습니다

폐교에 말벌집이 생겨서 도움을 요청했습니다.

잠시 뒤 119구조대원 두 분이 오셨어요. 스프레이 살충제가 가득 든 배낭을 내려놓으시며 어디냐고 물으시길래 위치를 알려 드렸습니다. 그런데 황급히 퇴각하셨습니다. 말벌집이 너무 컸거든요.

얼마 후 소방차가 도착했습니다. 구조대원 한 분이 더 오셨죠.

곧이어 벌집을 물대포로 파괴할 테니 피신해 있으라는 지령이 떨어졌습니다.

벌집은 물로 끄는 거다⋯. 메모.

그렇게 전신 방호복을 입으신 소방대원 세 분은 약 30m 밖에서 말벌집을 향해 물을 쏘았습니다. 꽤 오랫동안 쏘았습니다.

─→ 주작이들을 보냈습니다

일 잘한다고 소문난 주작이들은 마을 곳곳으로 입양되었습니다. 어린 주작이를 데려가기 위해 멀리서 오신 분도 계셨어요. 그렇게 주작이들을 두 마리씩 짝지어 보냈습니다.

키우는 동물이 일정 이상으로 늘어나면 가축 사육업 등록 대상이 될 수 있습니다. 그래서 적극적으로 입양을 보냈던 것 같아요.

결국 우리 곁에는 세 마리만 남게 되었습니다.

여럿이 있던 넓은 공간을 세 마리가 거니는 모습을 보면 허전한 느낌도 들어요. 하지만 이 정도가 적당한 거겠죠.

그럴 겁니다.

아주 많이 부족한 희망찬 하루 ———

→ 길을 걸어가고 있습니다

우리는 박자와 리듬을 타고 춤을 추며 길을 걸어가고 있습니다.

힘들다고 느껴졌던 건 잠시 리듬을 잃은 것뿐입니다.

→ 산불이 났습니다

폐교의 앞산에 원인 모를 불이 났습니다. 소방차가 속속 도착했어요. 뒤이어 소방 헬기도 왔습니다. 폐교 뒷산이었다면 동물들을 챙겨 피신했을 거예요. 다행히 앞산은 꽤 거리가 있었고 강풍이 부는 상황은 아니라 긴장한 채 지켜보았습니다.

물을 퍼 나르는 헬기가 몇 시간 동안 하늘을 지배했습니다. 폐교 운동장에는 산림청 진화대원분들이 모였습니다.

고생하시는데 따뜻한 커피를 내어 드리는 것 말고는 달리 감사를 전할 방법이 없었어요. 컵라면이라도 넉넉하게 쟁여둘 걸 하는 아쉬운 마음이 들었습니다.

산불 진압은 밤늦게까지 이어졌습니다. 다행히 불길이 잡혔죠. 몇몇 대원은 폐교에서 밤샘하며 자리를 지켰어요. 잔불이 살아날 수도 있어서라고 합니다.

산림은 소중합니다. 건조한 날씨에는 산에 가지 않는 게 좋습니다. 담배꽁초를 차 밖으로 던져서는 안 된다는 것도 이해해 주었으면 좋겠습니다.

⟶ 심 봤습니다

뒷산에 심은 장뇌산삼을 보러 갔습니다. 올라가는 길에서 딸기밭을 만났어요. 이제는 가득 맺혀있는 딸기가 꽤 큽니다. 비료를 준 보람이 있습니다.

모과나무 군락지를 지나 장뇌산삼이 있는 곳에 도착했어요.

여기저기서 자라는 산삼을 찾을 수 있었습니다. 비록 마트에서 샐러드 용으로 판매하는 새싹삼 크기였지만요. 폐교 임대가 끝날 때가 되어도 이 정도 크기일 것 같아요. 그런데 꽤 많은 산삼의 잎이 뜯겨 있습니다. 고라니 혹은 토끼가 먹은 걸까요?

"싸우자!"

하지만 산삼을 먹고 자란 야생동물은 나보다 셀 것 같습니다. 이길 수 없을 것 같으니 조용히 합니다.

판매하려고 심은 건 아니니 괜찮습니다. 나눔할 장뇌산삼이 줄어들었을 뿐입니다.

→ 연탄보일러를 설치했습니다

화목 난로는 계속 장작을 넣어야 한다는 단점이 있습니다. 새벽에 추워지면 일어나 장작을 넣어야 하는 데 꽤 번거롭습니다.

우리는 겨울 난방을 위해 연탄보일러 시스템을 새롭게 구축했어요. 연탄은 일산화탄소가 발생하고 연소 시 산소 소비가 많아서 밀폐된 실내에서 난로 형태로 사용하기 어렵습니다.

그래서 보일러를 복도로 뺐습니다. 그곳에서 데워진 물이 호스를 타고 실내로 들어와 열기를 방출하도록 말이죠. 라디에이터 방식입니다.

연탄은 저렴하고 강력해요. -20℃의 바깥 날씨에도 현무가 더워할 정도였으니까요.

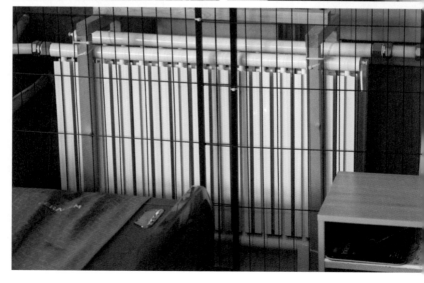

→ 눈곰을 만들었습니다

새로 맞는 겨울에도 어김없이 눈이 내렸어요.

눈이 오면 치워야 합니다. 열심히 치웠어요. 택배차가 다니는 길은 너무나 소중하니까요.

커다란 눈사람도 만들었습니다. 택배 아저씨가 올라오다가 놀라실지도 모르겠습니다.

해치지 않아요. 사람이 안 볼 때만 걸어 다녀요.

키 180cm 눈곰!

→ 눈길을 걸었습니다

추운 겨울 속 눈길을 걸었습니다. 신발이 젖고 바짓가랑이가 젖고 마침내 우리의 양말이 젖었죠. 발가락이 얼얼해질 때까지 새하얗고 고요한 눈길을 계속 걸었습니다.

눈길 끝에 있는 허름한 폐교 건물, 순환하는 물로 데우는 난방기, 의자 몇 개.

우리는 젖은 신발을 난방기 옆에 세워두고 서로의 머리를 털어주다가 빨갛게 얼은 코를 보며 웃습니다.

앞으로도 괜찮겠죠. 겨울이 오고 또 눈이 와도 우리는 함박눈처럼 하얀 웃음을 터트릴 거예요.

⟶ 다시 봄입니다

경악의 첫해, 감탄스러운 두 번째 해가 지나갔습니다. 그리고 삼 년 차가 되자 폐교에도 더는 새로운 일이 일어나지 않았습니다.

다만 일상이 되어버린 봄, 여름, 가을, 겨울이 지나갔습니다.

──→ 책이 나왔습니다

'분명 안식년이었는데, 왜 쉬지를 못하지?'를 느낄 때쯤 '가드닝 실용서'를 인쇄할 수 있었습니다.

처음에 안식년 용돈으로 1,000만 원을 지원받았었는데, 끝나고 보니 많이 마이너스 되어 있었어요. 2년 안에 끝내려고 했던 일을 4년이나 끌고 가면서 추가 지출이 많았습니다.

아내에게 열심히 혼났습니다. 반성하고 있어요. 앞으로는 저도 돈 벌게요.

그래도 남부럽지 않을 만큼의 공구가 생겼고, 신용카드 한도가 많이 올라갔습니다.

택배 포장 기술도 올라갔죠.

⟶ 베스트셀러가 되었습니다

블로그 구독자분께서 내 책이 베스트셀러 코너에 있다고 알려주었어요. 기념으로 남겨두고 싶어서 두 시간이나 운전해서 가장 가까운 교보문고에 갔습니다.

분야별 베스트셀러 코너에 정말로 내 책이 있었습니다.

순위에 내 이름이 있는 건 신기한 경험이었어요.

→ 넘어질 준비를 합니다

인생에는 언제나 기복이 있었습니다. 좋은 일만 연속해서 일어날 수 없다는 걸 알고 있어요.

책이 베스트셀러가 된다는 건 내 기준으로 일어날 수 없을 거라고 생각했던 일입니다.

그래서 습관처럼 넘어질 준비를 합니다.

그거 아세요?

사람은 넘어질 때도 균형을 잡기 위해

한 발을 내디딘다는 것을요.

→ 청룡이가 죽었습니다

어느 날 용이가 죽었습니다. 파란 가재의 평균 수명이 2년 정도라는 말을 듣기는 했습니다. 알고 있었으면서도 생명이 곁을 떠나는 건 슬프고 속상한 일인 것 같아요.

그리고 해가 지난 어느 날 청이 마저 용궁으로 떠났습니다. 폐교에서 함께 한 시간이 행복한 기억으로 남았으면 좋겠어요.

잘 가. 폐교의 정령들. 그리고 또 만나.

용이 ♀
2020. 5 ~ 2023. 2. 1

청이 ♂
2020. 5 ~ 2024. 5. 17

⟶ 대추나무가 자랍니다.

폐교에 온 첫해에 어린 대추나무 한 그루를 부직포 화분에 심었어요.

대추나무는 무럭무럭 자랐습니다.

시간이 흘러 폐교 생활 5년 차에 접어들었습니다.

대추나무도 다섯 살이 되었네요.

열매는 아삭아삭했고, 많이 달았습니다.

→ 아주 많이 부족한 희망찬 하루

폐교에서 생활하는 모습을 멀리서 바라본다면, 그 모습이 꽤 근사해 보일지도 모르겠어요.

그러나 나는 그렇게 대단한 사람이 아닙니다. 멋있는 사람도 아니에요. 모두와 마찬가지로 허둥대며 살아가고 있습니다. 완벽하지 않으며 나름대로 귀여운 구석이 있는, 그냥 평범한 사람입니다.

서툰 것도 많습니다. 분명 하루하루는 아주 많이 희망찼던 것 같은데, 돌아서서 보면 그만큼 부족했던 날도 없는 것 같습니다.

→ 그래도

우리는 각자 나름대로 파도를 일으키며 살아가고 있습니다.

그러니 오늘 하루 역시 별거 아닌 날은 아닐 겁니다.

→ 밤을 새웠던 나날들

폐교에서는 밤새워 일할 때가 많았습니다. 새벽까지 컴퓨터 앞에 앉아 있는 내 모습을 본 아내는 낮에 일하면 되지 않느냐고 물었어요. 그런데 그게 잘되지 않았습니다. 낮에는 어쩐지 집중이 되질 않아요.

알아요. 이런 밤샘은 분명 비효율적입니다. 그런데도 젖어버린 습관이란 무서워요. 밤을 지새워 버릇하던 사람은 이따금 맞이하게 되는 어떤 마법의 순간들 때문에 밤샘을 쉽게 끊지 못합니다.

창문만 열어 놓아도 새벽이슬에 젖은 풀 냄새가 들어옵니다. 스멀거리는 바람 냄새, 차가움에 움츠러드는 공기 냄새 그리고 창가에서 마시는 따뜻한 찻잔 속에 말갛게 담기는 별똥별 냄새.

오늘 밤 어딘가에서 나와는 다른 이유로 밤을 새우고 있을 누군가에게도 예쁜 별똥별 냄새가 깃들었으면 좋겠습니다.

환해질 무렵이 오기 전에는

잠들 수 있기를 바랍니다.

두근거리는 가슴을 진정하고

꿈속으로 빠져들기를 바랍니다.

그래도 잠이 안 오거든 날씨를 원망하세요.

열대야가 찾아온다고 해서 그런 거니까.

비가 내린다고 해서 그런 거니까.

미세먼지 때문에 그런 거니까.

그래서 그런 거니까.

⟶ 그때가 되면

100m를 달리는데 1분이 넘게 걸리는 날이 올 겁니다. 모임에 갈 때 "정정해 보이시는군요"라는 말을 들을 때쯤, 우리는 어떤 모습을 하고 있을까요?

그때도 나는 겁 없이 하루가 다 감당할 수 없는 일들을 벌이고 있을까요. 그때도 새벽에 깨어 차를 마시고 있을까요.

몇 년 후 혹은 몇십 년 후가 될지는 모르겠지만, 더는 하루가 열정적이지 않을 때가 온다면….

그때가 되면 다시 『폐교생활백서』를 펼쳐보겠습니다.

⟶ 떠나며

냄새를 기억합니다.

햇살 속에 부유하던 먼지를 기억합니다.

24시간 불이 꺼지지 않던 교실을 기억합니다.

벌레와 풀 그리고 나무와 새가 연주하는 운동장을 기억합니다.

비가 너무 많이 내려 매미 소리가 사라졌던 여름을 기억합니다.

언젠가는 그 겨울의 맹렬했던 추위가 그리울지도 모르겠습니다.

꽤 오랫동안 생각날 겁니다.

힘들었지만 좋았습니다.

그런 나날이었습니다.

이사를 간다고 말하자,

정들었는데 서운하다고 말씀하시는 어르신의 목소리가

찡하게 울리며 마음 한편에 남았습니다.

→ 그리고

늦은 밤 깜깜한 방문을 열었을 때

설레는 향이 훅 끼쳐오던 것처럼

형광등이 켜졌을 때 달라진 교실이 반짝거린 것처럼

잠든 당신의 숨소리가 고단하게 들리던 그날처럼

설렘과 미안함이 같이 밀려오던 그날 밤처럼

고맙고, 감사해.

폐교생활백서 아주 많이 부족한 희망찬 하루

발 행 일 2024년 10월 10일(1쇄 인쇄)
        2024년 10월 10일(1쇄 발행)

글 쓴 이 프로개

펴 낸 이 김형기
펴 낸 곳 드루이드 아일랜드
출판등록 2022년 3월 7일 ｜ 214(25100-2023-000014)
이 메 일 druidi@naver.com

I S B N 979-11-984415-2-2